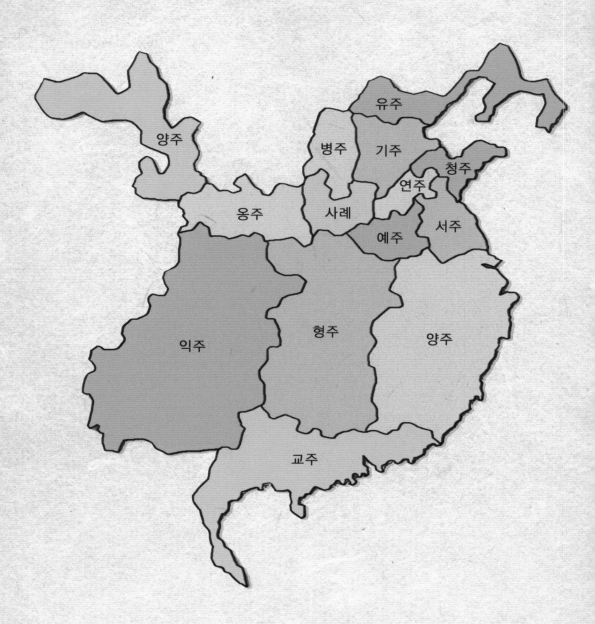

후한 말 삼국지 배경 시기의 13개 주 지도

후한 말 군웅할거시대의 세력도(2세기 말)

동탁의 죽음 이후 각지에 난립하던 군웅의 세력도다. 손책은 아버지 손견이 죽은 뒤에 원술 밑으로 들어갔다가 독립하여 자신의 세력을 얻고, 파죽지세로 주변의 성을 정복해 나간다.

동탁이 죽은 뒤에 조조는 청주의 황건적 토벌을 위해 출진하여 보다 많은 병력을 얻게 되고, 조조는 아버지를 맞아들이려 한다. 그러나 도중에 아버지가 도겸의 부하인 장개에게 살해당하고 이에

화가 난 조조는 서주의 도겸을 토벌하기 위해 군사를 일으킨다. 그때 조조는 백성까지 모두 살해하며, 도겸은 유비에게 서주를 양도하게 된다.

그 틈을 타 여포가 조조의 세력권 안에서 반란을 일으키나 진압당하고 유비에게 가서 소패를 얻는다. 또한 황제는 이각, 곽사에게서 달아나 조조가 황제를 받들게 된다.

🐭 일러두기

1. 이 책은 나관중이 쓴 《삼국지연의》와 요시카와 에이지가 평역한 《삼국지》를 동화
   작가 홍종의 선생님이 새롭게 엮은 것입니다.
2. 이 책에 나오는 삽화와 지도는 내용에 맞게 새롭게 제작한 것입니다.
3. 전한은 기원전 202년에 유방이 세운 나라입니다. 기원후 8년 왕망이 스스로 신新
   의 황제로 칭하기 전까지의 기간에 해당합니다. 기원후 25년에 유수가 한漢 왕조를
   부흥시키며 후한으로 이어지는데, 이 책의 배경이 후한 말입니다.

처음 읽는 삼국지

② 군웅할거

: 피고 지는 영웅들

나관중 원작 | 홍종의 엮음 | 김상진 그림

하늘을 나는교실

넓은 세상을
가슴으로 품자

《삼국지연의》는 《수호지》《서유기》《금병매》와 더불어 중국의 4대 기서로 불
린다. 기서란 기이한 책이지만 그만큼 내용이 좋다는 뜻도 담겨 있다. 그러므
로 《삼국지연의》 즉, 《삼국지》는 오늘날까지 읽히고 또 앞으로도 읽힐 책이다.
내가 《삼국지》를 처음 읽은 것은 중학교 때였을 거다. 그때는 어른이 읽는 책
그대로 꼬박 몇 달에 걸쳐 읽었다. 생각해 보니 어린이나 청소년이 읽을 수
있도록 쉽게 풀어 쓴 《삼국지》가 없었던 것 같다.

나는 책을 읽으면서 낯선 지명, 이름, 어려운 낱말 때문에 하루에 몇 페이지
를 넘길 수 없었다.

비록 어렵고 힘든 책이었지만 읽을수록 재미와 흥미가 더해 책을 놓을 수 없
었다. 《삼국지》에는 재미와 흥미보다 더 많은 지혜가 담겨 있다는 사실을 안
것은 어른이 되고 나서였다.

1800년 전 과거, 중국은 '후한 시대'로 불렸다. 후한은 한나라의 후손인 광
무제가 나라를 되찾은 때부터 한나라가 망할 때까지를 일컫는다.

후한 말기 무렵이 되면서 황제가 자주 바뀌고 정치와 경제가 어지러워진다.
11대 황제인 환제가 세상을 떠난 뒤 12대 황제인 영제가 황제의 자리에 올랐
다. 하지만 영제는 열두 살밖에 되지 않은 어린아이였다. 그러다 보니 신하들
이 어린 황제를 속이며 부패를 일삼았다. 그 틈을 타 황건적이라는 도적 떼

가 활개를 치며 백성을 괴롭혔다.

《삼국지》의 시대적 배경은 여기서부터 시작된다. 어지러운 세상을 바로잡으려고 굳게 뭉친 유비, 관우, 장비 세 영웅이 주인공으로 등장한다. 결국 드넓은 중국 대륙은 위나라 촉나라 오나라로 나뉘게 된다. 《삼국지》는 각 나라의 영웅이 각자의 세상을 꿈꾸며 다툼과 화해를 통해 어지러운 세상에 정면으로 맞서는 이야기다.

요즘에는 만화나 영화 또는 게임으로 쉽게 《삼국지》를 만날 수 있다. 그러나 그것들은 《삼국지》의 아주 작은 일부일 뿐이다. 그렇다고 여러분에게 어른이 읽는 어렵고 분량 많은 《삼국지》를 읽어 보라고 권할 수도 없다.

그래서 나는 아쉽고 힘들었던 기억을 떠올려 이번에 어린이가 쉽게 읽을 수 있는 《삼국지》를 엮어 내기로 했다. 《삼국지》 이야기를 새로 엮으면서 나 또한 다시 《삼국지》의 매력에 흠뻑 빠졌다.

《삼국지》를 다 읽고 나면 여러분은 더 넓은 세상을 가슴으로 품을 것이다. 아무리 어려운 일이 있다 해도 스스로 이겨 내고 용기를 가질 힘이 생길 것이다.

동화 작가 홍종의

【 유비 】

한나라 황제의 먼 친척으로 가난과 어려움을 딛고 촉나라의 왕이 되는 인물. 복숭아꽃 핀 마당에서 관우, 장비와 의형제를 맺어 평생 깊이 사귀었으며, 숨어 있던 인재 제갈량을 세 번이나 찾아가 맞이한 일화가 유명하다.

【 관우 】

유비 의형제 중 둘째로 예를 잘 지키고 무슨 일이 있어도 유비에게 의리를 지키려고 하는 충신이다. 그를 무척 탐낸 조조가 온갖 연회와 선물을 베풀어 자기 부하로 삼으려 했으나 끝내 거절하고 유비의 곁으로 돌아갔다는 이야기는 유명하다. 청룡도라는 무기를 즐겨 썼다.

【 장비 】

유비 의형제 중 막내. 용맹한 장수로서 배짱도 있어 적은 병사를 이끌고 장판교 위에서 조조의 대군을 물리친 적도 있다. 보기와 달리 꾀를 써서 적을 속일 만큼 전략가로서도 훌륭했다. 무기로 장팔사모를 즐겨 썼다.

【 조조 】

죽을 때까지 후한의 신하로 남았으나 사실상 황제나 다름없는 권세를 누렸다. 상황 판단이 빠르고 휘하에 뛰어난 장수와 참모가 많다. 여포, 원소 같은 호걸을 물리치고 어지러운 한나라에서 가장 먼저 세력을 키운다.

【태사자】
원래 유요 아래에 있다가 손책과 싸우게
되었는데 밀리지 않았다. 결국 손책에게 항
복하고 손씨 일가를 섬기게 된다. 이후 수
많은 군공을 세우다가 전사한다.

【유표】
유비처럼 한나라의 종친으로 형주를 지배
하고 있었다. 갈 곳 잃은 유비가 오자 흔쾌
히 맞아 주었고 두 아들 사이에 후계자 다
툼이 생기자 유비를 후계자로 삼을 생각
까지 했으나 결국 직접 물려주지는 못하고
큰아들을 부탁한 뒤 사망한다.

【진규】
진등의 아버지. 아들과 함께 여포를 섬겼
고, 원술이 공격해 오자 꾀를 써 막아 냈
다. 그러나 조조가 여포를 공격하자 여포를
배반하고 여포를 사로잡는 데 도움을 준다.

【진등】
아버지와 함께 여포를 섬겼으나 배반하고
조조의 아래로 들어간다.

【손건】
촉나라를 세운 최고 공신 중 하나로서 주
로 외교에 힘썼다. 처음에 힘이 약했던 유
비가 여기저기 몸을 의탁할 때 뛰어난 외
교술을 발휘해 큰 도움이 되었다.

【한섬】
황제를 공격하던 이각과 곽사를 무찔렀으
나 조조에게 공격받자 도망가 원술 아래로
들어간다. 이후 진규의 꾐에 넘어가 원술을
배반하고 여포를 돕는다.

【양봉】
한섬과 마찬가지로 조조의 공격을 받고 원
술 아래로 들어갔다가 다시 배반하고 여포
의 편에 선다. 이후 한섬과 같이 서주, 양주
쪽에서 도적질을 하다가 유비에게 패해 죽
는다.

【장료】
후한 말의 무장으로 원래 여포 아래에 있
었지만 조조에게 사로잡힌 다음에는 조조
를 섬겼다. 관우와 친분이 있어 갈 곳을 잃
은 관우가 조조 아래에 들어오도록 설득하
기도 했다.

【미축】
유비가 세력이 약했을 때부터 함께한 촉의
개국 공신 중 하나. 집안이 대단히 부유하
여 가난하던 유비에게 자금을 마련해 주었
다. 미방이라는 동생이 큰 실수를 해 오나
라에 투항해 버리자 부끄러움을 이기지 못
하고 시름시름 앓다가 사망한다.

【동승】
딸이 헌제의 후궁으로 들어갈 만큼 황제
와 가까운 신하였다. 헌제에게서 조조를 없
애라는 밀명을 받고 믿음직한 신하와 일을
꾸미지만 하인이 배반하여 뜻을 이루지 못
하고 죽임을 당한다.

【길평】
후한 말의 명의로 조조가 편두통이 심할 때
마다 그를 불러 약을 먹었다. 그 사실을 이
용해서 독약을 먹여 조조를 제거하려 했지
만 이미 상황을 파악하고 있던 조조에게 잡
혀 모진 고문을 당하다가 목숨을 잃는다.

🌀 차례

【 지난 이야기 】

중국, 한나라 말기, 11대 황제가 세상을 떠난 뒤 12살밖에 되지 않은 영제가 황제에 오르자, 자기 욕심만 채우려는 간신과 황건적의 난으로 백성들은 굶주림에 시달립니다.

이때 유비, 관우, 장비가 의형제를 맺고 나라를 위해 한목숨 바치기로 뜻을 모은 뒤 황건적과 간신과 전투를 벌이는데…….

떠오르는 해와 같은 조조

낙양 안에는 황폐한 벌판과 폐허만 남아 있었다. 옛 시절의 화려했던 흔적은 어디에서도 찾아볼 수 없었다.

"아아, 이것이 낙양이란 말인가?"

황제뿐 아니라 황제를 따르던 신하들도 눈물을 흘렸다.

궁궐을 지을 사람도 없었고 상을 차릴 음식도 없었다. 간신히 비나 이슬을 피할 정도로 임시 궁궐을 세워야 했다.

"참으로 비참한 세상이다. 그렇다고 이대로 있어서는 낙양의 옛 모습을 되찾을 수 없지 않겠느냐?"

황제가 양표에게 방법을 물었다.

"지금 조조 아래는 뛰어난 장수와 병사가 수십만 명에 이른다고 합니다. 그를 낙양으로 불러들이는 게 어떠하신지요?"

황제는 양표의 의견을 받아들여 곧바로 조조에게 사자를 보냈다.

산동 땅은 먼 곳이지만 황제가 낙양으로 돌아왔다는 소식이 벌써 퍼져 있었다. 황하의 물이 하루에 천 리를 흘러가듯 뱃사람들은 각 지역으로 새로운 소문을 전했다.

"나도 저 별들 중 하나인데."

조조는 하늘을 올려다보며 중얼거렸다.

그때 조조의 동생 조인이 다가와 소식을 전했다.

"지금 막 낙양에서 황제의 사자가 오고 있다고 합니다."

"마침내 왔구나, 왔어. 와야 할 것이 드디어 온 것이다."

조조는 지금 상태에 만족할 만한 사람이 아니었다. 그의 큰 뜻은 헤아릴 수 없을 정도로 넓고 컸다. 지금의 성은 전진 또 전진을 위한 발판이었다.

한편 황제의 사자가 떠난 뒤 낙양의 신하들은 또다시 부들부들 떨어야만 했다. 곽사와 이각이 군대를 정비해 낙양으로 공격해 오고 있었기 때문이다.

"문도 없고 성벽도 없고 병사도 얼마 되지 않는데, 어찌 저들을 막는단 말이냐."

황제는 그 자리에 털썩 주저앉고 말았다.

그때 언덕을 넘어 흙먼지를 일으키며 달려오는 무리가 있었다.

"벌써 적들이 쳐들어왔나 보구나."

황제는 물론 신하들도 어찌할 줄을 모르고 허둥댔다. 그런데 무리보다 앞서 달려오는 사람이 있었다. 자세히 보니 조조에게 보낸 사자였다.

"폐하, 지금 조조의 군대가 오고 있습니다."

조조는 하후돈, 허저, 전위 같은 장군과 병사 오만 명을 먼저 보냈다.

"조조 장군께서 대군을 이끌고 오시려면 시간이 걸리기 때문에 저희가 먼저 왔습니다. 앞으로는 안심하셔도 됩니다."

황제가 환한 얼굴로 고개를 끄덕였다. 순간 누군가가 외쳤다.

"적이 오고 있습니다."

하후돈이 바로 말을 타고 나아갔다. 그는 손을 이마에 올리고 멀리 바라보더니 곧 돌아와 알렸다.

"지금 오는 군대는 조조 장군의 동생인 조홍과 장군의 부하인 이전과 악진입니다. 우리를 돕기 위해 병사 삼만 명을 이끌고 오고 있습니다."

황제는 더욱 기뻐하며 단번에 마음을 놓았다.

드디어 곽사와 이각의 연합군도 낙양에 도착했다.

"어찌 된 일이냐? 황제의 신하 중에 마술을 부리는 자가 있는 것이냐? 몇 안 되는 병사의 수가 어찌 저렇게 늘어났느냐? 마술로 우리를 속이는 것이니 두려워하지 말고 쳐부수어라!"

곽사와 이각이 말하는 황제의 거짓 병사는 강했다. 실제로 조조의 군대는 새로운 무기와 강인한 힘으로 싸웠다. 그에 비해 곽사와 이각의 병사는 무기도 낡고 의지도 약했다. 결국 그들은 힘없이 무너졌다.

얼마 뒤 조조도 대군을 이끌고 낙양에 도착했다.

"조조 장군이 오셨다!"

사람들은 해를 우러르듯 조조를 반겼다. 그렇지만 조조는 절대 으스대지 않았다.

"나라로부터 받은 제 목숨을 나라의 은혜에 보답하는 데 쓰겠습니다."

조조가 황제에게 맹세했다. 그러자 만세 소리가 울려 퍼졌다.

그즈음 곽사와 이각은 다시 공격하기 위해 머리를 맞대었다.

"조조라고 뭐가 특별하겠어? 먼 길을 급히 왔으니 틀림없이 지쳐 있을 거야."

두 사람은 의견이 일치하자 싸움 준비를 서둘렀다.

이튿날 아침, 곽사와 이각의 군대는 조조의 군대와 정면으로 맞섰다. 이각의 조카 이섬과 이별이 먼저 공격에 나섰다.

"허저, 나가 싸우라!"

조조가 허저에게 명령을 내렸고 허저는 매처럼 날듯이 달려 나갔다. 그리고 단칼에 이섬과 이별의 목을 베었다. 예상했던 대로 곽사와 이각의 군대는 조조 군대의 적이 되지 못했다.

조조의 세력은 하루가 다르게 커졌다. 그러다 보니 많은 사람이 조조를 찾아와 은밀한 이야기를 건넸다.

"황제 폐하는 물론 백성들까지 장군의 커다란 공을 잘 알고 있습니다. 하지만 낙양은 장군의 꿈을 이루기에 적당한 곳이 아닙니다. 도읍을 허창으로 옮겨야 합니다."

"요즘 점을 쳐 본 결과, 작년부터 금성이 은하수를 꿰뚫고 화성도 그곳으로 향하고 있어 곧 두 별이 만나게 될 것입니다. 이러한 현상은 천 년에 한두 번 있는 일로 금성과 화성 두 별이 만나면 반드시 새로운 황제가 나타난다고 합니다. 도읍을 허창으로 옮기면 장군의 기운이 더욱 살아날 것입니다."

그러한 말에 조조는 황제를 찾아갔다.

"낙양은 폐허가 되어 예전의 명성을 되찾기가 쉽지 않을 듯합니다. 게다가 교통도 좋지 않고 민심도 사납습니다. 그에 비해 하남의 허창은 땅이 비옥하고 물자도 풍부합니다. 물론 백성도 온순합니다. 그뿐 아니라 허창에는 성곽이 있고 궁전도 갖추어져 있습니다. 그러하니 하루빨리 도읍을 허창으로 옮겨야 합니다."

황제는 고개를 끄덕일 뿐 아무 말도 하지 않았다. 신하들도 깜짝 놀랐으나 조조가 두려워 반대하지 못했다. 결국 도읍을 다시 허창으로 옮기기로 결정했다.

마침내 황제와 조조의 군대가 허창에 도착했다. 그곳에는 예전에 쓰던 궁궐과 마을이 잘 정비되어 있었다.

조조는 '대장군무평후'라는 중요 직책을 맡고 자신의 부하들을 중요한 자리에 임명했다. 그렇다 보니 조조의 권위는 저절로 높아져 갔다. 그에 비해 나라의 관리들은 그저 이름뿐 아무런 힘도 없었다. 무슨 일이든 먼저 조조에게 보고한 다음 황제에게 보고했다.

그러던 어느 날 조조와 부하들이 즐겁게 술을 마시고 있을 때였다. 그 자리에서 우연히 유비에 관한 이야기가 나왔다.

"유비가 서주 태수 자리에 있으면서 여포를 소패에 붙들어 두고 있다고 들었소. 유비와 여포가 힘을 합치면 좋을 게 없을 것이오."

조조의 말에 순욱이 답했다.

"좋은 방법이 있습니다. 호랑이 두 마리를 싸우게 해서 호랑이의 가죽을 얻으면 될 것입니다. 우선 유비에게 정식으로 서주 태수 자리를 주고 비밀문서를 보내 여포를 죽이게 하는 것입니다. 유비가 그 명을 받든다면 그것은 자신의 손으로 한쪽 팔을 끊는 셈이며 만일 실패하면 여포가 유비를 살려 두지 않을 것입니다."

며칠 뒤 사자가 조조의 비밀문서를 가지고 서주로 향했다.

조조의 비밀문서를 받은 유비는 눈이 동그래졌다. 그러자 곁에 있던 장비가 말했다.

"여포는 용맹할 뿐 의리가 없는 사람입니다. 이번 기회에 조조의 지시대로 없애는 게 어떻겠습니까?"

"몸을 의지할 곳이 없어 내게로 찾아온 궁한 새가 아니냐. 그를 죽인다는 것은 기르던 가축을 죽이는 것이다. 온정을 베풀어 의리를 아는 사람으로 만들면 될 것이다."

"사람 성품이 그렇게 간단히 바뀔 것 같수?"

장비는 끝까지 여포를 죽여야 한다고 주장했으나 유비의 마음은 흔들리지 않았다.

다음 날 여포가 소패에서 나와 서주성으로 들어왔다. 그러자 장비가 여포를 향해 칼을 뽑았다.

"의리 없는 놈! 너 같은 놈은 뒷날 나라의 근심거리가 될 뿐이다. 조조의 명으로 너의 목을 베겠다."

장비가 칼을 내리치려는 순간 유비가 장비의 팔을 잡았다.

"이놈, 칼을 거두지 못하겠느냐. 이 어리석은 놈 같으니!"

유비가 노한 목소리로 장비에게 야단을 쳤다.

"큰 형님은 대체 뭐 때문에 마음보가 좋지 않은 놈을 감싸는 것이오?"

장비가 화를 냈다. 하지만 유비에게 자신은 언제까지나 동생이자 아랫사람이라는 사실을 절대로 잊지 않았다.

"너그럽게 봐 주시기 바랍니다. 마치 어린아이처럼 단순한 놈이지요."

유비는 장비를 대신해 여포에게 사과했다.

"잘 알겠습니다. 아마도 조조가 우리 사이를 찢어 놓으려 한 게 틀림없습니다."

유비는 성문 밖까지 나가 여포를 배웅했고 여포는 오히려 유비에게 감동을 받고 돌아갔다. 하지만 장비의 불만은 없어지지 않았다.

"정중하게 대하는 데도 정도가 있지. 큰 형님, 사람 좋은 것도 도를 넘어서면 바보라는 소리를 듣게 되는 거요. 여포를 살려 두면 뒷날의 근심거리가 될 게 뻔하오."

"그것은 깊지 못한 생각이다. 조조가 바라는 것은 여포와 내가 처절하게 싸우는 것이다."

유비의 말에 장비는 더는 아무 말도 하지 못했다.

조조는 첫 번째 계획이 실패하자 다시 순욱을 불렀다.

"유비가 넘어오지 않았으니 이제 어쩌면 좋겠는가?"

"그럼 이번에는 원술에게 사자를 보내 유비가 남양을 칠 것이라 전하고 유비에게는 원술이 황제의 명을 어겼으니 남양을 공격하라고 전하는 것입니다. 유비는 바보스러울 정도로 정직하니까 황제의 명을 어기지는 못할 것입니다."

"그래서?"

"호랑이를 표범에게 보내 굴을 비우게 하는 것입니다. 그런 다음 빈집의 먹이를 노리는 것이지요. 바로 유비가 없는 사이 여포를 없애면 되는 것입니다."

조조는 남양과 서주로 급히 사자를 보냈다.

"이번에도 역시 조조가 꾸민 일이니 결코 남양을 쳐서는 안 됩니다."

부하들의 말에 유비가 한동안 생각에 잠기더니 마침내 입을 열었다.

"아니다. 설령 그렇다 할지라도 황제의 명을 거역할 수는 없다. 곧 남양으로 군대를 보내도록 하자."

유비는 서주성을 장비에게 맡기고 남양으로 떠났다. 원술도 조조가 보낸 사자에게 소식을 전해 듣고 싸울 준비를 마쳤다.

"촌놈 유비야, 어찌 분수도 모르고 우리 대국을 침범하려는 것이냐?"

원술의 부하가 먼저 창을 휘두르며 달려들자 관우가 청룡도로 맞받아쳤다.

"우리는 황제의 명을 받고 온 것이다. 너희는 어찌 스스로 역적이 되려 하느냐?"

원술의 부하들은 땀을 뻘뻘 흘리며 칼을 휘둘렀지만 결국 관우에게 상처 하나 입히지 못했다.

한편 서주에 있는 장비는 밤낮으로 성을 지켰다. 갑옷을 벗지도 않고 침대에 편히 눕지도 않았다. 성을 지키는 장병들도 맨바닥에서 자고 거친 음식을 먹으며 보초를 섰다. 그 모습에 감동한 장비는 군게 닫아 두었던 술 창고에서 커다란 술통을 꺼내 왔다.

"자, 마셔라. 날마다 고생이 많다. 사이좋게 한 잔씩 나눠 마시도록 해라."

병사들이 뛸 듯이 기뻐하며 모여들었다.

"근데 장군께서는 안 드십니까?"

"나는 마시지 않을 것이다"

"한 잔 정도는 괜찮지 않으십니까?"

장비는 망설이다 병사가 건넨 잔을 받아 마셨다. 술기운이 오르자 술맛이 더 달게 느껴졌다.

"아, 시원하구나. 또 한 잔 가득 떠서 줘 봐라."

장비는 마른 목에 물을 들이붓 듯 그 자리에서 연거푸 술을 마셨다. 그리고 술통이 바닥나면 다시 꺼내다 또 들이부었다. 얼마쯤 지나자 술통 몇 개가 나뒹굴고 장비의 몸도 술통처럼 되어 버렸다.

염탐을 하던 병사 하나가 여포에게 달려가 말했다.

"장군, 서주성을 지키는 장비가 술에 취했습니다. 지금 쳐들어가면 분명 서주성을 빼앗을 수 있을 것입니다."

병사의 말에 여포는 눈을 번뜩이고는 오랜만에 적토마를 타고 달렸다. 병사 천 명이 무기를 들고 여포를 따랐다.

잠시 뒤 여포의 군대가 서주성 안으로 물밀 듯이 밀려들었다. 장비는 술에 취해 비틀거리다 정원에서 잠이 들어 있었다.

"이게 무슨 소란이냐?"

장비는 적들의 함성과 칼 맞부딪치는 소리에 놀라 자리에서 벌떡 일어났다.

"아뿔싸!"

장비는 정신없이 성안을 향해 달려갔다.

"틀림없이 여포 놈일 것이다."

장비는 말에 뛰어올라 장팔사모를 들고 광장으로 나갔다. 하지만 술이 덜 깬 병사들을 지휘할 수 없었다. 성안의 병사들은 칼에 맞아 죽거나 뿔뿔이 흩어져 달아났다. 그 모습에 장비는 울음을 터뜨리고 말았다. 여포가 서주성을 점령한 뒤 장비는 말을 타고 남양으로 향했다.

장비가 초라하기 짝이 없는 모습으로 말에서 내렸다. 갑작스러운 장비의 모습에 관우가 놀란 표정을 짓자 장비는 잔뜩 풀이 죽어 고개를 숙였다.

"장비야, 무슨 일이냐?"

관우가 장비에게 다가가 걱정스레 물었다.

"면목 없게 됐소. 살아서 형님이나 큰 형님을 뵐 자격도 없지만 어쨌든 죄를 빌려고 여기까지 온 거유."

관우는 장비를 데리고 유비에게 갔다.

"큰 형님, 죄송합니다."

장비는 땅거미처럼 찰싹 엎드리더니 서주성을 빼앗긴 사실을 말했다. 그리고 술에 취해 싸움 한번 제대로 하지 못하고 왔다는 사실도 솔직하게 털어놓았다. 그러더니 갑자기 칼을 뽑아 자신의 목을 찌르려 했다.

유비가 깜짝 놀라 외쳤다.

"관우야, 말려라!"

관우가 칼을 빼앗고 장비를 야단쳤다.

"무슨 짓을 하려는 게냐, 이 어리석은 놈아."

장비가 몸부림치며 통곡했다.

"그 검으로 내 목을 쳐 주시오. 무슨 면목으로 살아갈 수 있단 말이오?"

유비가 장비 곁으로 다가가 위로했다.

"장비야, 이제 그만하여라. 이미 엎질러진 물이니 어쩔 수가 없구나."

유비가 다정하게 말하자 장비는 더욱 괴로워했다.

"옛사람이 말하기를 형제는 손발과 같고 처자는 옷과 같다고 했다. 옷은 떨어지면 다시 지으면 되나 손발은 한 번 잘려 몸에서 떨어져 나가면 그것을 다시 붙일 수가 없다. 잊었느냐, 장비야. 우리 세 사람은 복숭아나무 아래에서 의형제를 맺지 않았느냐."

유비가 말했고 장비는 엉엉 울며 고개를 끄덕였다.

"우리 삼 형제는 각자 부족한 점이 있는 사람들이다. 그 결점을 서로 보완해 주어야 비로소 한 몸이 되지 않겠느냐? 그렇게 울지만 말고 함께 뒷날을 계획하자꾸나."

유비의 말에 장비뿐 아니라 관우도 눈물을 흘렸다.

이튿날 원술은 서주의 여포에게 동맹을 제안했다.

"유비의 군대를 쳐서 남양군을 도와준다면 쌀 오만 석, 말 오백 필, 금 만 냥, 비단 천 필을 드리겠소."

여포는 원술의 제안을 기꺼이 받아들였다.

그 사실을 알게 된 관우와 장비가 유비에게 말했다. 그러자 유비가 잠시 고민하더니 입을 열었다.

"아무래도 이번 싸움은 여기서 그만둬야겠네. 오늘 밤 이곳을 떠나도록 하지."

큰비가 내리는 밤이었다. 둑이 무너지고 하천이 범람해 원술의 군대는 유비의 군대를 뒤쫓지 못했다. 폭풍우 덕분에 유비는 광릉으로 떠날 수 있었다.

여포의 군대가 도착했을 때 유비는 이미 떠나고 없었다.

"약속한 대로 유비의 군대를 내몰았으니 금은은 물론이고 식량과 마필 비단을 넘겨주시오."

여포의 말에 원술이 대답했다.

"유비는 지금 광릉에 숨어 있소. 하루빨리 그의 목을 쳐서 약속했던 재물을 받도록 하시오. 대가도 치르지 않고 어찌 받으려고만 하는 것이오?"

"무례하기 짝이 없는 놈이로구나. 나를 신하로 생각하기라도 한 것이냐?"

여포는 버럭 화를 내고 서주성으로 가 버렸다.

다음 날 여포가 광릉으로 사자를 보내 유비를 불렀다.

"또 무슨 속임수를 쓰려고 사람을 보낸 게 틀림없습니다."

관우의 말에 유비가 고개를 내저었다.

"아니다. 여포도 이제는 착한 마음으로 내게 인정을 베풀려 하는 것이다. 아무리 탁한 세상일지라도 사람과 짐승이 다른 것은 양심이 있다는 것이다."

장비가 뒤에서 혀를 찼다.

"우리 큰 형님은 만날 공자님처럼 말씀하셔. 관우 형에게도 책임이 있소."

"왜 또 나를 물고 늘어지는 게냐?"

"시간만 나면 형이 큰 형님에게 책을 권하니까 일이 이렇게 되는 거 아니야. 하기야 누가 훈장 출신 아니라고 할까 봐."

"무슨 억지를 부리는 게냐? 그럼 무술만 있고 학문이 없으면 어떤 사람이 되겠느냐? 내 앞에 있는 사내처럼 되지 않겠느냐?"

관우가 손가락으로 장비의 코를 살짝 두드렸다. 장비는 콧김만 쉭쉭 내뿜을 뿐이었다.

며칠 뒤 유비 일행은 서주에 도착했다.

여포가 직접 성문까지 나와 변명을 늘어놓았다.

"결코 이 성을 빼앗으려 한 것이 아닙니다. 성안에서 싸움이 일어나 그것을 막기 위했을 뿐입니다."

"어차피 저는 처음부터 이 서주를 장군께 양보하려고 했습니다. 오히려 꼭 맞는 주인을 만나 저도 기쁩니다. 모쪼록 서주를 풍요롭게 만들어 주시고 백성들을 아껴 주시기 바랍니다."

유비는 그렇게 말하고 소패로 들어갔다. 그리고 분을 삭이지 못하는 부하들에게 말했다.

"몸을 낮추고 분수를 지키며 하늘이 주는 때를 기다리자. 용이 연못에 숨는 것은 다시 하늘로 오르기 위해서다."

강동의 소패 왕 손책

커다란 강은 중국의 동맥이라 할 수 있다. 중국의 큰 땅을 살리는 두 개의 대동맥은 북방의 황하강*과 남방의 양자강*이다. '오'는 커다란 양자강의 동쪽에 있어 '강동의 땅'이라고 불렸다. 오의 태수이자 손견의 아들인 손책도 이제는 스물한 살의 늠름한 청년이 되었다.

"손책이 아버지보다 더 뛰어난 것 같아."

손책은 아버지 손견의 장례를 치른 뒤 가족을 곡아에 있는 친척에게 맡기고 전국을 떠돌아다녔다. 마음속에 큰 뜻을 품은 채 각 지방의 지리와 상황을 살폈다. 그러다 이 년 전쯤 회남으로 와 수춘성에 있는 원술의 도움을 받으며 지냈다.

손책은 틈만 나면 무술을 익히고 산야*로 사냥을 나갔다. 하루는 몇 안 되는 사람들을 데리고 복우산에서 온종일 사냥을 했다.

황하강 '황허 강'을 우리 한자음으로 읽은 이름. | **양자강** '양쯔강'을 우리 한자음으로 읽은 이름.
산야 산과 들.

"아, 피곤하구나."

손책은 바위에 앉아 석양에 물든 붉은 구름을 바라보았다. 그때 그늘 아래서 쉬고 있던 부하가 다가왔다.

"도련님, 어찌 헛되이 시간을 보내고 계십니까? 저렇게 지는 태양도 내일이 없이 지는 태양이 아닙니다."

그는 아버지 손견의 충신 중 하나였다.

"실은 나도 어찌하면 좋을지 고민하고 있소."

"도련님의 숙부님인 단양 태수 오경 어른이 얼마 전에 단양을 잃으셨다는 말을 들었습니다. 숙부님을 돕는다는 구실로 군대를 얻어 떠나 보는 건 어떨까요?"

"그렇군! 원술에게 옥새를 내보이면 틀림없이 병사를 빌려줄 것이오. 내가 아버지한테서 옥새를 물려받았다는 것을 원술이 알고 군침을 흘린 적이 있었소."

손책은 품속에 있는 옥새를 감싸 쥐며 말했다.

황제의 도장인 옥새는 낙양에서 크게 난리가 났을 때 손책의 아버지 손견이 궁궐 안 우물에서 찾아낸 것이다.

며칠 뒤 손책은 은밀하게 원술을 만났다.

"제 숙부님이 양주의 유요로부터 공격을 받아 어려움에 처했다고 합니다. 모쪼록 제게 잡군 한 무리만 빌려주시기 바랍니다. 강을 건너 숙부님을 돕고 돌아가신 아버지의 영혼을 위로한 뒤 가족의 안부만이라도 확인하고 돌아오겠습니다."

손책은 고개를 숙이고 눈물을 흘렸다. 그러고는 생각에 잠긴 원술에게 옥새가 든 조그마한 상자를 내밀었다. 그러자 원술은 기다리고 있었다는 듯 흔쾌히 승낙했다.

"알겠네. 병사 삼천 명에 말 오백 필을 빌려주지."

손책이 첫 번째 적으로 삼은 사람은 숙부인 오경을 괴롭힌 유요였다. 유요는 한 황실의 피를 물려받았으며 명문가의 자손이었다.

"손견의 아들인 손책이 군대를 이끌고 오고 있다!"

그 소식을 들은 유요는 회의를 열었다. 한창 회의가 진행될 때 자리 끝에 앉아 있던 태사자가 앞으로 나서며 말했다.

"부디 제가 앞서 나가 싸울 수 있게 해 주십시오. 반드시 적을 물리치겠습니다."

유요는 잠시 바라보더니 한마디로 물리쳤다.

"너는 아직 자격이 안 된다."

태사자는 얼굴을 붉히며 입을 다물었다. 그는 이제 막 서른 살이 된 젊은이였으며 유요를 섬긴 지도 얼마 되지 않았다. 자리에 있던 다른 사람이 '함부로 나대는 건방진 놈'이라고 자신을 보는 것 같아 너무도 부끄러웠다.

유요는 태사자 대신 장영을 손책의 상대로 내보냈다. 명을 받은 장영은 손책의 군대가 오기만을 기다렸다. 그사이 손책은 배 수십 척을 이끌고 강을 거슬러 올라오고 있었다.

"적의 화살을 두려워해서는 안 된다."

손책을 비롯한 여러 장군이 각자 자신이 이끄는 배에서 지휘를 시작했다.

"나를 따르라!"

손책은 적군 속으로 칼을 휘두르며 달려 나갔다. 다른 배에서도 속속 장병들이 뛰어내렸다.

장영도 고함을 지르며 힘껏 맞섰으나 손책의 군대에는 어림도 없었다. 장영이 말 머리를 돌려 도망치자 나머지 병사들도 한꺼번에 달아났다. 그때 성문 안쪽에서 검은 연기가 피어올랐고 병사들이 연기와 함께 쏟아져 나왔다.

"누군가 불을 질렀습니다!"

불꽃은 이미 성벽보다 높이 치솟았다. 장영은 병사들을 이끌고 산속으로 달아났다. 그때 성 뒷문 쪽 산길에서 삼백 명의 부대가 깃발을 흔들며 내려왔다.

"활을 쏘지 말게. 우리는 손 장군을 돕기 위한 무리일세. 적장 유요의 부하가 아닐세."

잠시 뒤 대장인 듯한 사람 둘이 앞으로 나섰다.

"손 장군을 만나게 해 주시오."

손책이 다가가 그들을 살폈다. 한 사람은 검은 얼굴에 코가 주먹만 하고 수염이 누런 게 언뜻 보기에도 사나운 기운이 넘치는 사내였다. 또 한 사람은 눈빛이 맑고 눈썹이 짙으며 키가 크고 손발이 긴 대장부였다. 두 사람은 예의를 갖추지 않은 채 인사를 했다.

"처음 뵙겠수."

"당신이 손 장군이슈?"

"당신들은 대체 누구시오?"

손책이 묻자 검은 얼굴의 사내가 먼저 대답했다.

"우리는 양자강을 지나는 배를 습격하여 생활하는 사람들이올시다."

"도적들이란 말이오? 대낮에 이처럼 떳떳하게 나타나다니, 대체 무슨 일이오?"

"실은 이번에 장군께서 이 지방으로 오신다는 소리를 들었소. 손견 장군의 아들이라니 틀림없이 뛰어난 인물일 것이라고 생각했소. 우리도 언제까지 도적으로 지낼 수는 없지 않소. 그래서 오늘의 싸움을 돕고자 성안에 불을 지른 것이오. 빈손으로 찾아와 우리를 받아 달라고 청할 수는 없지 않습니까? 어떻습니까, 대장. 저희를 부하로 받아들여 한번 써 보지 않겠습니까?"

"하하하, 재미있는 사람들이군."

손책은 솔직하게 말하는 두 사람이 마음에 들었다. 그래서 곁에 있던 부하들을 돌아보며 말했다.

"앞으로 동료로 삼아 무사의 예의를 가르쳐 주게."

두 사람은 기뻐하며 근처에 있는 도적들을 불러 모았다. 그 뒤로 손책의 군대는 사천 명이 넘는 병력을 갖추게 되었다.

한편 유요는 싸움에서 패배하고 돌아온 장영을 보며 버럭 화를 냈다.

"무슨 낯으로 뻔뻔스럽게 살아 돌아온 것이오? 당장 목을 쳐서 본보기로 삼을 것이오."

하지만 여러 장군이 말리는 바람에 장영은 간신히 목숨을 건질 수 있었다.

며칠 뒤 손책은 부하들과 함께 산에 올라 기도를 올렸다.

"바라건대, 제가 아버지의 뜻을 이어받아 강동 땅을 되찾을 수 있게 해 주십시오."

손책은 기도를 마치고 산을 내려갔다. 하지만 왔던 길로 돌아가지 않고 남쪽을 향해 내려갔다.

"장군, 북쪽 길로 내려가셔야 합니다."

"여기까지 온 김에 남쪽 길로 가서 산봉우리에 올라 적의 상태를 살펴보고 가세. 은밀히 살피려면 오히려 사람 수가 적은 게 좋지 않겠는가?"

손책의 말에 부하들은 따를 수밖에 없었다.

손책과 부하들은 남쪽 평야가 내다보이는 산봉우리 위에 다다랐다. 그때 유요의 병사가 그들의 모습을 보게 되었고 그 병사는 한달음에 유요에게 달려갔다.

"손책이 바로 저 산 위에 와 있습니다."

갑작스러운 일에 유요가 당황해하자 태사자가 앞으로 나서더니 자신 있는 목소리로 말했다.

"하늘이 주신 기회입니다. 부디 제게 손책을 잡아 오라는 명을 내려 주십시오."

유요가 태사자를 보며 말했다.

"태사자, 또 큰소리를 치는 게냐?"

"큰소리치는 게 아닙니다. 이렇게 팔짱만 끼고 앉아 있을 바에는 차라리 전장에 나오지 않는 게 나을 것입니다."

"그런 생각이라면 이번에는 네가 나가 보아라."

유요의 명령에 태사자는 곧장 말을 타고 손책 무리가 있는 곳으로 달려 나갔다.

"달아나지 마라, 손책! 어딜 가려는 게냐!"

태사자가 창을 비켜 들고 손책을 향해 달려왔다. 창과 창, 말과 말이 불똥을 튀기며 싸움이 벌어졌다. 그러다 갑자기 태사자가 말에 채찍질을 하며 숲속으로 달아났다. 곧바로 손책이 뒤를 쫓았고 태사자를 향해 창을 내던졌다. 창은 태사자 옆을 스치고 땅바닥에 푹 박혔다. 순간 태사자는 식은땀을 흘렸다.

'손책은 듣던 것보다 훨씬 뛰어난 장수로구나. 한 치의 방심도 있어서는 안 되겠다.'

손책도 태사자를 쫓으며 생각했다.

'저자는 참으로 좋은 새다. 사로잡아 우리의 새장에서 길러야겠다.'

승부는 좀처럼 나지 않았다. 손책과 태사자는 더욱 사나워졌다. 마침내 태사자는 손책의 투구를 쥔 채 놓지 않았다. 손책도 태사자의 단검 자루를 쥐고 놓지 않았다. 결국에는 투구가 찢어져 두 사람 모두 뒤로 벌렁 나자빠지고 말았다. 손책의 투구는 태사자의 손에 있고 태사자의 단검은 손책의 손에 있었다. 그때 갑자기 먹구름이 몰려오더니 굵은 비가 힘차게 내렸다. 두 사람은 결국 승부를 가리지 못한 채 물러났다.

이튿날 손책은 전날 빼앗은 태사자의 단검을 깃대에 묶었다.

"무사가 소중한 검을 빼앗긴 채 간신히 목숨만 건져 달아나다니 부끄럽지도 않느냐?"

그러자 유요의 군대 속에서도 깃대 하나가 높다랗게 올라왔다. 그 끝에는 투구 하나가 걸려 있었다. 태사자가 앞으로 말을 몰고 나오며 호탕하게 맞받아쳤다.

"자신의 목을 적에게 건네준 무사가 어찌 큰소리를 친단 말이냐? 하하하."

많은 사람이 지켜보는 앞에서 태사자가 비웃자 손책이 말을 몰아 앞으로 나가려 했다.

"좋다, 오늘이야말로 승부를 내 주겠다."

그때 손책의 부하인 정보가 급히 손책을 가로막았다.

"적의 혓바닥에 놀아나서는 안 됩니다. 장군은 큰일을 하실 분입니다."

정보는 그렇게 말하고는 태사자를 향해 달려 나갔다. 하지만 태사자는 정보와 싸우기도 전에 군대를 이끌고 물러나 버렸다. 유요가 급히 퇴각 명령을 내렸기 때문이다.

유요가 태사자를 향해 떨리는 목소리로 말했다.

"지금 손책이 문제가 아니다. 성을 빼앗기고 말았다. 너희가 눈앞의 적에만 정신을 팔았기 때문이야."

손책이 태사자 몰래 병사의 반을 유요의 영릉성으로 보내 공격하게 했던 것이다. 그렇게 유요의 성은 쉽게 무너지고 말았다.

유요는 얼마 남지 않은 병사들을 이끌고 형주로 달아났다. 그러자 사람들이 손책을 '강동의 소패 왕'이라 부르며 우러러 받들었다.

소패 왕 손책은 그 기세를 몰아 강동 땅 대부분을 차지했다. 하지만 태사자만큼은 끝까지 성을 지키며 물러나지 않았다. 태사자는 유요가 달아난 뒤 흩어진 병사를 모아 성안에서 싸움을 준비했다.

하루는 손책이 부하들에게 물었다.

"태사자는 분명 쉽지 않은 상대야. 그를 물리칠 수 있는 좋은 방법이 없겠느냐?"

"한 가지 방법이 있습니다. 바람 부는 날 밤에 성안으로 숨어 들어가 북문 하나만을 남기고 곳곳에 불을 놓는 것입니다. 불길이 일면 태사자가 북문 쪽으로 달아날 것입니다. 그가 가는 방향에 병사들을 미리 숨겨 놓았다가 공격하면 쉽게 물리칠 수 있을 것입니다."

"좋은 방법이오!"

손책이 손뼉을 치며 말했다.

며칠 뒤 바람 부는 밤이 찾아왔다.

"불이 났다!"

식량 창고에서, 망루의 아래쪽에서, 마구간에서 사람들이 소리쳤다. 성을 지키던 태사자가 높은 곳에 서서 불을 끄라고 명을 내렸지만 성안은 이미 혼란에 빠져 있었다. 화살이 태사자의 몸을 스치고 지나갔고, 불은 곧 주위의 모든 것을 집어삼켰다.

"북문을 열고 달아나라."

태사자는 가장 먼저 거친 바람을 가르고 성 밖으로 내달렸다.

"저기, 태사자가 나왔다."

어둠 속에서 태사자를 향해 화살이 어지러이 날아들었다. 태사자는 강 쪽으로 서둘러 달아났다. 하지만 얼마 지나지 않아 말의 발이 진흙에 빠지는 바람에 꼼짝할 수가 없게 되었다. 뒤 이어 갈대숲 사이에서 갈고리가 한꺼번에 쏟아졌다. 추가 달린 밧줄과 갈고리가 묶인 사슬이 태사자의 몸을 얽어맸다. 태사자는 모든 것을 포기하고 눈을 감았다.

"참으로 오랜만에 뵙습니다."

손책이 마치 친구에게 말하듯 다정하게 인사를 건넸다.

"어서 내 목을 치시오. 싸움에서 패한 장수가 무슨 할 말이 있겠소?"

"나는 장군의 충절*을 잘 알고 있소. 싸움에서 패한 건 장군 탓이 아니오. 유요가 어리석었기 때문이지."

"……."

"장군은 뛰어난 자질을 가졌으면서도 제대로 된 주인을 만나지 못했던 거요. 구더기 속에 있으면 누에도 고치를 만들지 못하고 실을 뽑지 못하는 법이오."

손책은 무릎을 꿇고 앉아 태사자의 몸에 묶인 밧줄을 풀었다.

"장군의 목숨을 좀 더 뜻깊은 싸움에서 바치는 게 어떻겠소? 우리 군에 들어와 힘이 되어 주시오."

충절 충성스러운 절개.

손책의 말에 태사자가 흔쾌히 대답했다.

"알겠소. 부족하지만 장군에게 힘이 되도록 하겠소."

손책과 태사자는 곧 술자리를 마련해 유쾌하게 이야기를 나누었다.

"장군의 부하가 되었다는 증거로 어리석은 의견을 하나 말씀드려도 되겠습니까?"

"어서 말씀해 보시오."

"다름이 아니라, 유요를 따르던 병사들이 지금 주인을 잃고 사방으로 흩어져 있습니다. 그들 중에는 아까운 장수와 병사들이 많습니다. 제게 삼 일만 시간을 주신다면 장군에게 방패가 될 만한 병사를 삼천 명 정도 모아 오겠습니다."

"알겠소. 단, 오늘부터 삼 일째 되는 날 정오까지는 꼭 돌아와야 하오."

손책은 말 한 필을 주어 태사자를 떠나게 했다.

다음 날 아침, 이 사실을 안 부하들이 놀라 손책에게 말했다.

"태사자의 말은 틀림없이 거짓일 것입니다. 다시는 돌아오지 않을 것입니다."

부하들의 말에 손책이 웃으며 고개를 내저었다.

"그는 그럴 사람이 아니오. 그렇기에 그의 목숨을 아낀 것이니 만약 돌아오지 않는다면 다시는 그를 보지 않아도 아까울 것이 없소."

하지만 손책의 부하들은 태사자를 믿지 않았다.

삼 일째가 되는 날, 손책은 병사를 시켜 해시계를 지켜보게 했다.

"정오입니다!"

시간을 재던 병사가 큰 소리로 외치자 손책이 부하들을 불렀다. 그리고 남쪽을 손가락으로 가리켰다. 아니나 다를까, 태사자가 삼천 명의 장병들을 이끌고 벌판 끝에서 흙먼지를 일으키며 달려왔다.

그 뒤로 손책의 세력은 날이 갈수록 강해졌다. 그는 한 지역을 정복한 뒤에는 바로 백성들이 편하게 잘살 수 있도록 노력했다. 법률을 바로잡고 가난한 백성을 도와주고 산업을 일으켰으며, 나쁜 짓을 하는 사람에게는 엄벌을 내렸다. 그러자 손책이 지날 때면 모두 서둘러 길을 열고 길가에 엎드렸다.

그 무렵 손책은 엄백호가 있는 오군을 공격하기 위해 군대를 이끌고 남쪽으로 내려갔다. 그 소식을 들은 엄백호는 회계로 물러나 회계 태수 왕랑에게 도움을 청했다.

왕랑이 공격 명령을 내리자 부하인 우번이 왕랑에게 다가가 말했다.

"이 싸움은 피하셔야 합니다."

"그렇다면 외적의 침략을 그냥 지켜보고만 있으란 말인가?"

"엄백호를 손책에게 넘겨주고 손책과 가까이 지내야 합니다."

"닥쳐라! 이 왕랑이 손책 따위에게 조금이라도 허리를 굽힐 성싶으냐? 그렇게 되면 세상의 웃음거리가 될 것이다."

"그렇지 않습니다. 손책은 의를 중요하게 여기고 인정을 베풀어 곳곳에서 민심을 얻고 있습니다. 그에 비해 엄백호는 사치를 부리고 백성들에게 악행을 저지르고 있습니다."

"나와 엄백호는 오래전부터 친분을 맺어 온 사이다. 손책은 우리의 평화를 어지럽히는 적에 지나지 않는다."

왕랑은 크게 화를 내며 우번을 내쫓았다.

그 무렵 손책의 군대가 회계성으로 쳐들어왔다. 그러자 왕랑이 직접 말을 타고 달려 나갔다.

"애송이 손책은 내 앞으로 나오너라."

왕랑의 말에 손책이 맞받아쳤다.

"늙은 돼지가 무슨 소리를 지껄이는 게냐? 우리는 백성의 피를 빨아 살찌운 배로 게으른 잠을 자는 도적을 내몰려고 왔다."

머리끝까지 화가 난 왕랑이 말을 몰아 달려 나갔다. 손책도 창을 쥐고 맞섰다.

"장군, 돼지를 베는 데 왕의 검은 필요치 않습니다."

그때 태사자가 달려 나와 손책 대신 왕랑에게 창을 내질렀다. 왕랑도 지지 않고 병사들을 향해 소리를 질렀다.

"손책을 사로잡아라!"

"왕랑을 놓쳐서는 안 된다!"

손책의 군대와 왕랑의 군대는 뒤얽혀 싸웠다. 하지만 손책이 미리 병사를 보내 적의 길을 끊어 놓은 상태라 왕랑의 병사는 혼란에 빠질 수밖에 없었다. 왕랑은 간신히 목숨만 건져 유표가 있는 형주로 달아났다. 성에 숨어 있던 엄백호도 도망가다 목숨을 잃고 말았다. 그렇게 해서 회계성도 손책의 손에 들어왔고, 손책은 이제 남쪽 지방 대부분을 거느리게 되었다.

평화를 위해 화목을 꾀하다

손책은 능력 있는 인재들에게 지원을 아끼지 않았다. 또한 중앙에서 활동하는 조조와 가깝게 지내는 등 외교에도 신경을 썼다.

그러던 어느 날 손책은 회남에 있는 원술에게 사람을 보내 소식을 전했다.

"예전에 맡겨 둔 옥새는 돌아가신 아버지의 소중한 유품이니 돌려주셨으면 합니다."

손책의 말을 전해 들은 원술의 부하들이 화를 내며 말했다.

"그동안 장군의 보살핌을 받아 놓고 이제 와 옥새를 달라니 무례하기 짝이 없습니다."

"지금 손책은 힘이 막강한 상태입니다. 먼저 북방의 근심을 제거하고 우리의 힘을 더 기른 뒤, 손책이 있는 남쪽을 공략해도 늦지 않을 것입니다."

부하들의 의견에 원술도 고개를 끄덕였다.

"다 옳은 말이오. 그래, 북방의 근심이라면 소패성의 유비와 서주성의 여포가 아닌가?"

"그렇습니다. 먼저 여포에게 쌀 오만 석과 금은보화를 보내 마음을 사로잡는 게 좋을 것입니다."

부하들의 의견에 따라 원술은 곧바로 여포에게 선물을 보냈다.

"원술이 대체 뭘 바라는 거지?"

여포는 기뻐하면서도 한편으로는 원술을 의심했다.

"장군의 환심을 산 뒤 유비를 치려는 생각일 것입니다. 소패가 원술에게 넘어가면 북방의 권력자들이 원술과 손을 잡을 것이고 그럼 우리 서주는 위험에 빠질 것이 뻔합니다."

부하 진궁의 말에 여포가 불같이 화를 냈다.

"그렇게 내버려 둘 수는 없지."

며칠 뒤 원술은 병사 십만 명과 부하 기령을 소패성으로 보냈다. 기령은 힘이 장사였으며 끝이 세 갈래로 갈라진 큰 칼인 삼첨도를 잘 쓰기로 유명했다. 하지만 소패성에 있는 유비의 군대는 무기와 식량마저 모자라 원술의 대군을 상대할 힘이 없었다. 유비는 여포에게 사람을 보내 도와줄 것을 부탁했다.

여포는 두 통의 편지를 써서 같은 날에 기령과 유비를 초대했다. 여포의 진영에 들어선 유비는 적의 대장 기령을 보며 깜짝 놀랐다. 기령 역시 유비를 보고 놀란 얼굴로 멈춰 섰다.

"나는 평화를 사랑하는 사람이오. 그래서 오늘 내가 두 분을 화해시키기 위해 자리를 마련했소. 서로 전쟁을 멈추고 친하게 지내면

좋겠소."

다른 사람도 아닌 여포가 자신의 입으로 '평화주의자'라고 큰소리 치다니, 결코 믿을 수 없는 일이었다. 찬물을 끼얹은 듯 싸늘한 술자리가 이어졌다.

"내가 전쟁을 멈추는 날은 유비를 산 채로 잡아가거나 유비의 목을 창끝에 꿰어 들고 가는 날이 될 것이오."

참다못한 기령이 소리쳤다. 그러자 여포가 불같이 화를 내며 방천극을 집어 들었다.

"시끄럽소. 쓸데없이 소란을 피우면 가만두지 않을 것이오!"

기령은 몸을 떨었고, 유비도 숨을 죽인 채 지켜보았다.

"화해하라고 한 것은 내가 하는 말이 아니오. 하늘이 명하신 일이오. 따라서 내 말에 대해 이래저래 불평을 하는 것은 하늘의 명을 어기는 일이오."

여포의 말에 기령은 더는 토를 달지 않았다. 기령은 곧 군대를 물려 회남으로 돌아갔다.

원술의 화는 쉽게 누그러지지 않았다.

"그렇다면 여포가 북쪽에 있는 한 나는 남쪽으로도 서쪽으로도 나아갈 수 없단 말이냐?"

기령은 일을 그르치고 왔기에 원술에게 납작 엎드렸다.

"제게 또 다른 방법이 있습니다. 여포에게는 딸이 있고, 장군님께는 아들이 있으니, 둘을 혼인시키자고 이야기를 전해 여포의 마음을 떠보는 것입니다. 여포가 혼담을 받아들인다면 반드시 유비를 죽일 것입니다."

"좋은 생각이오. 이번에 싸우지 못하고 돌아온 죄는 묻지 않겠소."

곧바로 원술은 여포에게 자식들의 혼인 이야기를 전했다. 그러자 여포는 원술의 제안을 흔쾌히 받아들였고 그 뒤로 길일이 정해졌다.

드디어 여포의 딸이 회남으로 출발하는 날이 되었다. 신부가 탄 마차 뒤로 행렬이 줄을 이었다. 그런데 그때 한 노인이 마차 행렬을 뚫고 서주성으로 들어갔다. 그 노인은 여포의 부하인 진등의 아버지 진규였다.

"몸도 좋지 않으면서 왜 나온 게요? 굳이 축하하러 오지 않아도 되는데."

여포의 말에 진규가 다급히 말했다.

"축하하러 온 게 아니라 장군의 죽음이 얼마 남지 않았기에 문상하러 온 것입니다."

"무슨 말도 안 되는 소리를 하는 게요? 이 즐거운 날에."

"장군, 이번 혼담은 원술이 장군을 해하려고 꾸민 일입니다. 장군께 유비가 붙어 있는 한 장군을 제거할 수 없으니 우선 따님을 인질로 잡아 둔 뒤 유비가 있는 소패를 공격하려는 것입니다. 유비가 공격을 받아도 장군께서는 이제 그를 도울 수가 없는 것입니다. 유비를 죽게 내버려 두는 것은 장군의 손발을 떼어 내는 것이나 마찬가지입니다."

여포는 한숨을 내쉬더니 곧 화난 목소리로 소리를 질렀다.

"마차 행렬을 멈추도록 하라!"

그러고는 붓을 들어 '딸이 갑자기 병에 걸려 혼례를 올릴 수 없다'라는 편지를 써서 원술에게 보냈다.

어느 날 여포의 부하가 달려와 보고했다.

"소패의 유비가 여기저기서 속속 말을 사들이고 있다고 합니다."

그 말에 여포는 크게 웃었다.

"무장이 말을 사들이는 것은 만일의 때를 대비하기 위한 것이니 수선을 떨 필요가 없다. 나도 좋은 말을 얻고 싶어서 얼마 전에 송헌을 산동으로 보냈다."

며칠 뒤 산동 지방으로 말을 사러 갔던 송헌이 마치 여우에게 홀린 것처럼 멍한 표정으로 성에 돌아왔다.

"그저께 밤 소패 근처에서 강도떼가 나타나 좋은 말 이백 마리를 빼앗아 달아났습니다. 근방을 샅샅이 뒤졌으나 산적도 말도 도무지 행방을 알 수가 없었습니다. 죄송합니다."

"식충이 같은 놈들. 소중한 군마를 빼앗겨 놓고 그냥 돌아오는 놈들이 어디 있느냐?"

여포의 이마에 퍼런 힘줄이 돋았다. 송헌이 엎드려 변명을 했다.

"그저 평범한 강도나 산적이 아니었습니다. 두목인 놈이 저희를 마치 어린아이 다루듯 내던져 감히 다가갈 수도 없었습니다. 그리고 말 떼에 채찍을 가해 바람처럼 달아났습니다. 아무래도 복면을 한 그 강도들은 소패성의 장비라는 자와 부하들인 것 같습니다."

"뭐? 장비 놈이? 당장 소패로 밀고 들어가라!"

여포가 이를 갈며 소리쳤다. 그는 곧 갑옷을 입고 적토마에 올라 소패성으로 향했다.

여포의 군대가 갑작스럽게 쳐들어오자 유비는 놀라 얼굴빛이 창백해졌다.

"은혜를 원수로 갚는 놈! 이 여포의 은혜도 모르고 동생을 시켜 강도질을 한단 말이냐?"

그때 유비의 뒤에 있던 장비가 창을 들고 나와 소리쳤다.

"강도는 바로 네놈이다! 우리 큰 형님 덕분에 서주성에 들어앉아 태수인 척하더니 이제 세금을 빼돌리고 백성들 돈을 빼앗아 딸을 시집보내려 하지 않았느냐, 이 천하의 도적아!"

장비의 욕설이 채 끝나기도 전에 여포가 수염과 머리카락을 곤두세우고 방천극을 크게 휘두르며 공격했다.

장비와 여포는 서로의 무기를 맞부딪치며 고함을 내질렀다. 승부는 쉽게 갈리지 않았고 해는 이미 서쪽으로 기울어 갔다.

"장비야! 그만 물러나지 못하겠느냐?"

뒤에서 관우의 목소리가 들려왔다. 그 말에 당황한 장비가 물러나며 외쳤다.

"여포, 내일 다시 오너라."

장비가 관우와 함께 물러나자 여포도 온갖 욕설을 퍼부으며 뒤돌아섰다.

"큰 형님께서 이만저만 화가 나신 게 아니다. 옳지 못한 수단으로 얻은 말을 우리 마구간에 들일 수는 없다. 장비야, 그 말을 모두 여포에게 건네주어라."

관우가 장비를 꾸짖었다.

그날 밤 장비는 말 이백 마리를 여포의 진영으로 돌려보냈다. 말을 다시 받은 여포는 곧 마음이 풀어져 병사를 물리려 했으나 진궁이 옆에서 속삭였다.

"만일 지금 유비를 없애지 않는다면 뒷날에 근심거리가 될 것입니다."

그 말을 듣자 여포는 유비가 두려우면서도 얄미웠다. 그래서 이튿날에도 유비의 군대를 공격했다. 병력이 그리 많지 않은 소패성은 곧 위기에 빠지고 말았다.

"이제 더는 버틸 수가 없습니다. 일단 성을 버리고 허창으로 가야 합니다. 조조에게 의지하여 때를 기다렸다가 오늘의 빚을 갚을 수밖에 없습니다."

부하 손건의 말에 따라 유비는 남은 병력을 이끌고 그곳을 빠져나왔다.

유비의 군대는 땅을 잃고 먹을 것도 없이 허창에 도착했다. 조조는 그런 유비 일행을 예의를 갖춰 맞아들이고 위로했다. 술자리를 마련해 대접하기도 했다. 저물녘이 되자 유비 일행은 숙소로 돌아갔다.

늦은 밤, 조조는 부하들과 의미심장한 이야기를 주고받았다.

"유비야말로 앞으로 대단한 인물이 될 것입니다. 지금 없애지 않으면 결국에는 나라 앞길에 큰 장애물이 될 것입니다."

순욱은 유비를 죽일 것을 권했다. 그 말에 조조의 눈동자에서 붉은빛이 반짝였다. 그때 곁에 있던 곽가가 고개를 내저으며 조조에게 다가왔다.

"유비는 이미 훌륭한 인물로 알려져 있습니다. 만약 나리께서 그를 죽이신다면 천하의 질타를 받고 존경심을 잃게 될 것이며 나리의 큰 뜻이 모두 거짓으로 여겨질 것입니다."

"그래, 역경에 빠진 유비에게 오히려 은혜를 베푸는 편이 낫겠네."

조조는 곽가의 말을 받아들였다. 그리고 다음 날 유비에게 병사 삼천 명과 식량을 넉넉히 내주었다.

"자네의 앞길을 축복하는 내 뜻일세. 때가 되면 자네를 도와 자네의 원수를 갚겠네."

조조가 말하는 원수는 바로 여포였다. 유비는 그저 웃으며 인사를 건넨 뒤 떠났다.

얼마 뒤 조조가 여포를 치려는 계획이 이루어지기도 전에 허창에 위기가 찾아왔다.

"황제가 있는 허창을 범하려는 도적이 대체 누구냐?"

조조는 검을 지팡이 삼아 일어났다. 그런 뒤 병사들의 보고를 엄한 눈빛으로 들었다.

"동탁의 신하 중 장안에서 위세를 떨쳤던 장제의 조카 장수가 허창으로 쳐들어올 계획이랍니다. 각 지역의 병사들을 끌어 모아 세력을 키웠고 형주 태수 유표와 동맹을 맺기도 했습니다."

"이대로 두고 볼 수 없다."

조조는 장수를 먼저 공격해야겠다고 마음먹었으나 한편으로는 여포가 걸렸다.

"만약 나와 장수의 싸움이 길어지면 여포는 틀림없이 그 틈을 타 유비를 공격할 것이다. 그리고 그 기세를 몰아 비어 있는 허창을 공격할 게야."

그때 순욱이 말했다.

"여포는 욕망에 눈이 어두운 사람입니다. 관직을 높여 주고 상을 내려주고 유비와 화해하라고 말해 보십시오."

"좋은 생각이오."

조조는 사신을 보내 뜻을 전했고 여포는 크게 감격하여 군소리 없이 조조의 뜻에 따랐다.

걱정거리가 사라지자 조조는 대군을 이끌고 완성으로 쳐들어갔다. 소식을 들은 장수는 부하인 가후와 상의했다.

"조조가 온 힘을 다해 공격에 나섰으니 이기기는 힘들 것입니다. 항복하는 수밖에 없습니다."

가후는 장수를 설득해 싸움이 시작되기 전 직접 조조를 찾아가 뜻을 전하기로 했다.

"나리, 장수 장군을 대신해 항복을 청하러 왔습니다. 장수 장군의 뜻을 받아 주십시오."

가후의 말투는 시원시원하고 당당했다. 조조는 그런 가후가 마음에 들었다.

"알겠소. 그나저나 앞으로 장수를 떠나 나와 함께하는 건 어떤가?"

"과분한 말씀이십니다만, 장수 나리를 배신할 수는 없습니다."

조조는 아쉬웠지만 가후의 단호한 대답에 더는 강요할 수 없었다.

조조가 항복을 받아들이자 장수는 조조 일행을 위해 잔치를 열었다. 조조는 장수와 술잔을 주고받았고 얼마 뒤 취기*가 오르자 자리에서 일어났다.

숙소로 돌아가던 길에 조조는 애절하게 울려 퍼지는 악기 소리를 들었다.

"너도 저 호궁 소리가 들리느냐?"

조조가 곁에 있던 신하에게 물었다.

"네, 어제도 밤새도록 들렸습니다. 슬쩍 가 보니 아름다운 여인이 호궁*을 치고 있었습니다."

신하가 자세히 아뢰었다.

"그래? 그렇다면 저 여인을 내게 데려오도록 해라."

"하지만 저 여인은 죽은 장제의 부인이라 함부로 데려올 수 없습니다. 장제가 세상을 떠난 뒤 장수가 숙모를 데려와 돌봐 주고 있다고 합니다."

신하가 난처한 기색을 보였다.

"병사들을 데리고 가서 조조의 명이라 전한 뒤 당장 데려오너라."

취기 술에 취한 기운. | 호궁 옛날 중국 현악기로, 두 줄 또는 네 줄짜리 현을 활로 켰다.

조조는 술 냄새를 풍기며 신하에게 명을 내렸다.

얼마 뒤 장제의 부인이 조조의 숙소로 들어섰다. 부인은 듣던 대로 무척이나 아름다웠다. 난초 꽃 같은 눈꺼풀이 기다란 눈썹을 떨게 하여 조조의 마음을 흔들었다.

"두려워할 것 없소. 잠시 얘기나 좀 나누자는 것이니."

조조는 장제의 부인에게 가까이 다가갔다. 그리고는 부인의 어깨에 지그시 손을 올렸다. 순간 부인의 얼굴이 새빨갛게 달아올랐지만 부인은 조조의 손길을 피할 수 없었다.

이튿날 아침, 장수는 조조가 숙모를 불러들인 이야기를 전해 들었다.

"괘씸한 놈! 어찌 이리도 나를 모욕한단 말이냐!"

"마음을 진정시키십시오. 조조에게 대가를 치르게 하면 될 것입니다."

가후가 속삭여 말한 뒤 곧장 성안에서 가장 용맹한 호거아를 불러왔다. 그는 온몸의 털이 붉고 독수리 같은 사내였다.

"우선 조조 옆에 있는 전위의 쌍철극을 빼앗아라. 전위의 창인 쌍철극만 빼앗는다면 전위를 없애는 건 식은 죽 먹기일 것이다."

전위는 언제나 조조의 곁에서 눈을 번뜩이며 조조를 지키는 호위대장이었다.

"문제없습니다."

호거아가 커다란 덧니를 드러내며 웃어 보였다.

곧바로 호거아는 전위를 성안으로 불러 술을 대접했다.

"그동안 조조 나리를 호위하시느라 힘드실 텐데 밤에라도 마음을 놓으시고 마음껏 드십시오."

"그렇지 않아도 한동안 맛있는 술을 마시지 못했는데, 이렇게 술자리까지 베풀어 주시니 고맙소."

전위는 오랜만에 마시는 술에 제대로 걷지도 못할 만큼 취해 버렸다.

"제가 모셔다 드리겠습니다. 제 어깨에 기대십시오."

호거아가 친절하게 말하며 전위를 부축했다. 전위는 호거아에게 기대 방으로 돌아왔고 금세 쓰러져 잠에 빠져들고 말았다. 호거아가 전위의 몸을 흔들었으나 전위는 드르렁 코만 골 뿐이었다.

"잘 주무시오."

호거아는 뒷걸음치며 방에서 나왔다. 하지만 그의 손에는 어느 틈엔가 전위의 창이 들려 있었다.

한편 조조는 그날 밤에도 장제의 부인을 불러 술을 마셨다. 그런데 술이 취할 때쯤 갑자기 창틈으로 벌건 불길이 새어 들었다. 창문을 열자 바깥은 검은 연기로 가득했다. 곳곳에서 함성이 들려오고 사람들이 분주하게 움직였다.

"전위, 전위!"

평소와는 달리 전위도 보이지 않았다. 조조는 황급히 갑옷을 챙겨 입었다. 그리고 얼마 뒤 코를 골던 전위도 벌떡 일어났지만 때는 이미 늦었다.

"아뿔싸! 창이 보이질 않는구나."

전위는 갑옷을 입지도 못하고 무작정 밖으로 뛰쳐나갔다. 장수의 병사들은 기다렸다는 듯 전위에게 화살을 쏘았다. 날아드는 화살을 피하지 못하고 전위는 하늘을 노려보며 쓰러졌다.

그사이 조조는 말을 몰아 한달음에 도망쳤다. 장수의 병사들이 조조를 향해 화살을 쏘았다. 건너편 기슭으로 막 오른 순간 화살 하나가 조조의 말에 박히더니 또 하나가 조조의 왼쪽 팔꿈치에 박혔다. 말은 더 버티지 못하고 쓰러졌고 조조는 피투성이가 된 몸을 이끌고 간신히 뭍으로 기어올랐다. 그때 어둠 속에서 뒤따라오던 큰아들 조앙의 목소리가 들려왔다.

"아버지, 저 조앙입니다."

조앙도 병사 한 무리와 함께 겨우 도망쳐 온 것이었다. 조앙은 자신의 말을 아버지에게 내주었다. 조조는 바로 말에 올라 달리기 시작했고, 조앙은 몇 걸음도 못 가 적이 쏘는 화살을 맞았다. 조앙이 숨을 헐떡이며 외쳤다.

"저는 신경 쓰지 말고 어서 달아나십시오. 아버지만 살아 계신다면 언제든 원수를 갚을 수 있을 것입니다."

조조는 주먹으로 자신의 가슴을 치며 후회했다.

"이렇게 훌륭한 아들을 둔 나는 얼마나 죄 많은 아비란 말이냐. 한낱 여인에게 빠져 이 꼴을 당하다니 참으로 면목 없구나. 아아, 나를 용서해라, 아들아."

조조는 죽은 아들을 말안장에 싣고 밤새도록 달려 도망쳤다.

조조가 무사하다는 소식을 듣고 사방으로 흩어졌던 장군들과 병사들이 모여들었다. 조조는 자신의 실수를 뉘우치며 제단을 쌓아 죽은 영혼을 위로했다. 그리고 눈물을 흘리며 말했다.

"이번 전쟁에서 나는 큰아들 조앙을 잃은 것보다 충신 전위를 잃은 것이 더 안타깝고 마음이 아프다."

조조의 말에 장병 모두 감동의 눈물을 흘렸다. 그리고 그들은 충신을 아끼는 조조를 위하는 일이라면 목숨을 아끼지 않으리라 맹세했다. 그렇게 조조는 크게 패하고 말았지만 병사들의 마음을 사로잡았다. 조조는 역경도 앞날을 위한 디딤돌로 만드는 법을 잘 알고 있었다.

조조는 병사들과 함께 도읍인 허창에 도착했다. 그리고 얼마 뒤 여포의 신하 진등이 찾아왔다.

"전에 승상의 은혜를 입고 크게 감격한 바 있습니다. 이에 원술과 맺었던 혼약을 깨고 앞으로는 승상*과 더욱 돈독히 지내고 싶습니다."

진등은 조조에게 여포의 뜻을 전했다.

조조는 기뻐하며 진등에게 잔치를 베풀었다. 술자리에서 조조는 진등의 사람됨을 살피고 진등은 조조의 속내를 살폈다.

"여포는 원래 이리나 승냥이와 같은 성격을 가진 자로 무용은 뛰어납니다만 진심으로 사귈 만한 인물이 못 됩니다."

진등이 먼저 여포에 관한 말을 꺼내자 조조도 본심을 털어놓았다.

"나도 여포에 관해서는 그리 생각하네. 그래서 어떤 경우에도 경

승상 옛날 중국에서 가장 높았던 벼슬 중 하나.

계를 멈추지 않을 걸세. 다행히 자네를 알게 되어 기쁘군. 멀리서나마 나를 위해 힘을 써 주게."

"알겠습니다. 뒷날 승상께서 부르시면 저희 부자는 언제든 달려오겠습니다."

조조와 진등은 술잔을 들어 약속의 눈빛을 주고받았다.

거짓 황제와 거짓 공격

회남의 원술은 여포를 공격하기 위해 만반의 준비를 했다.

"예를 다해 혼담을 건넸건만 멋대로 혼인을 파기하다니. 내게 씻을 수 없는 치욕을 주었다."

그 무렵 원술은 스스로를 황제라 칭하며 교만한 행동을 일삼았다. 손책이 맡긴 옥새를 가진 뒤로 터무니없는 생각을 품게 된 것이다.

원술은 이십만 명이 넘는 대군을 꾸려 서주를 공격할 생각이었다. 그 소식을 들은 여포는 당황하여 장군들을 급히 불러들였다. 그러자 진궁이 나서서 의견을 말했다.

"이런 위기를 만든 것은 진규 부자입니다. 그에 대한 대가로 진규 부자의 목을 쳐서 원술에게 보내면 원술도 화를 풀고 병사를 물릴 것입니다."

여포는 곧장 사람을 보내 진규 부자를 성안으로 불러들였다.

"오래된 나무와 같은 늙은이의 목이 무슨 가치가 있단 말입니까.

아들놈의 목도 필요하시다면 드리겠습니다. 하하하."

진규가 큰 소리로 웃으며 말했다.

"네놈이 큰소리치는 것을 보니, 적을 깨뜨릴 좋은 계책이라도 있는 모양이구나."

여포가 눈을 번뜩이며 진규 부자를 바라보았다. 진규가 침착하게 입을 열었다.

"먼저 원술의 오른팔인 한섬을 사로잡는 것입니다. 그렇게 적을 혼란에 빠지게 한 뒤, 유비와 손을 잡는 것입니다. 유비는 인정이 많으니 장군의 역경을 그냥 보고 넘기지 않을 것입니다."

"혹시 교묘한 말로 나를 속여 다른 곳으로 도망치려는 것은 아니겠지?"

여포가 의심을 했다.

"좋습니다. 그럼 아들 진등을 인질로 남겨 두고 저 혼자 다녀오겠습니다. 단, 양 한 마리를 내주십시오. 가는 동안 나무 열매를 따 먹고 양의 젖을 마시며 병든 몸의 기운을 돋우겠습니다."

그길로 진규는 양 한 마리를 끌고 떠났다. 큰길로 가는 곳은 모두 막혀 있고 들판과 마을에도 병사들이 가득 차 있었다. 하지만 진규는 양을 끌고 태연하게 그곳을 지났다. 적군이 의심하기에는 너무도 평화로운 모습이었다.

"어르신, 어딜 가시는 게요?"

적의 병사가 진규를 불러 세웠다.

"진규라는 노인이 양을 끌고 왔다고 한섬 장군께 말씀 좀 전해

주십시오."

소식을 들은 한섬은 깜짝 놀라 진규를 맞아들였다. 진규가 여포의 성안에 사는 늙은 장수인 것을 알고 있었기 때문이다.

"이것은 제가 드리는 조그만 선물입니다."

진규는 한섬에게 양을 건네더니 이어 말했다.

"방 안은 더우니 저 소나무 밑에서 장군과 마음을 터놓고 이야기하고 싶습니다."

그날 밤 소나무 밑에 명석을 깔아 놓고 한섬과 진규는 단둘이 이야기를 나누었다. 그러다 진규가 한탄하듯 입을 열었다.

"귀공은 참으로 아까운 분입니다. 황제를 사칭하는 원술을 도와 명예를 얻으려 하다니요. 이름에 먹칠을 하실 생각입니까? 원술은 곧 무너지고 망할 것이 뻔합니다."

"실은 저도 원술의 오만함이 눈에 거슬려 떠나고 싶었습니다."

이제 한섬은 손바닥 안의 새였다. 진규는 속으로 미소를 지었다.

"귀공과 양봉 장군은 친분이 두텁다 들었습니다. 원술의 군대가 서주로 쳐들어오는 날, 양 장군과 상의하여 불을 질러 주십시오. 그에 맞춰 여포 장군이 원술을 상대할 것입니다."

"알겠소. 맹세하겠소."

한섬은 달을 올려다보며 굳게 다짐했다.

구름이 낮게 드리워지면서 멀리서 천둥소리가 들려왔다. 그즈음 원술의 대군은 서주성 앞까지 쳐들어갔다. 후드득후드득 굵은 비와 함께 천둥소리가 더욱 요란해졌다. 여포의 군대도 함성을 내지르며 방어에 나섰다. 그때 원술의 군대 쪽에서 큰 혼란이 일었다.

"배신자다!"

양봉과 한섬이 불을 지르고 같은 편을 공격한 것이다. 원술은 산골짜기로 달아났고 여포는 말을 타고 원술의 뒤를 쫓았다. 이윽고 여포가 산기슭으로 접어들자 원술의 부하들이 미끄러지듯 산을 내려와 여포를 공격했다.

"호랑이가 덫에 걸렸다!"

원술도 산에서 내려와 공격을 지휘했다. 그때 양봉과 한섬의 군대가 갑자기 한쪽 계곡에서 나타나 원술의 부하들을 공격했다. 결국 원술은 여포와 두 배신자에게 쫓겨 정신없이 달아났다. 그러던 중 멀리서 구름처럼 보이는 무리가 점점 다가와 원술의 앞을 가로막았다.

"나는 유비 장군의 아우 관우다. 유비 장군님의 명을 받고 여포를 돕기 위해 달려왔다. 너는 하늘 무서운 줄 모르고 설치는 도적 원술이 아니냐?"

관우가 청룡도를 크게 휘두르며 말했다. 그 순간 말갈기가 원술의 얼굴에 묻었고 청룡도의 날이 원술의 투구를 스치고 지나갔다. 그렇게 원술은 간신히 목숨만 건져 회남으로 돌아갔다. 그에 반해 여포는 의기양양하게 서주로 돌아와 성대한 잔치를 열었다.

그즈음 조조는 오의 손책을 회계 태수로 임명했다. 그리고 손책에게 조정의 명령이라며 회남으로 가서 거짓 황제 원술을 칠 것을 요구했다. 마침 손책도 원술이 옥새를 쥐고 돌려주지 않은 것에 앙

심을 품고 있었다. 손책은 원술을 공격하기 위해 배를 타고 회남으로 떠났다.

그 뒤 조조는 유비와 여포에게도 도움을 청했다. 얼마 뒤 조조, 유비, 여포의 삼군이 손책의 군대보다 먼저 회남으로 들어섰다. 조조가 중심에 섰으며 유비가 오른쪽을 여포가 왼쪽을 맡았다.

"적이다!"

원술이 있는 수춘성으로 연달아 급한 소식이 날아들었다. 여포에게 쓴맛을 봤던 원술은 숨 돌릴 틈 없이 맞서야 했다. 직접 오만 명의 병사를 이끌고 수춘성 밖으로 나갔지만 일찌감치 패배를 맛보았다. 원술의 군대는 사기가 완전히 꺾였고 힘도 못 쓴 채 물러나고 말았다.

"손책이 뱃머리를 나란히 한 채 이곳으로 오고 있습니다. 조조를 돕기 위해서인 듯합니다."

소식을 들은 원술은 몸을 부르르 떨었다.

"배은망덕한 놈!"

사방이 가로막힌 원술은 곧 대대적인 탈출 작전에 들어갔다. 금은보화와 군수물자를 남김없이 수레에 실어 날랐다. 그리고 준비해둔 배에 올라타 강을 건넜다.

조조가 대군을 이끌고 수춘성에 도착했을 때 남은 것이라곤 빈 껍데기와 같은 성뿐이었다.

"삼 일 안에 수춘성을 함락시켜라! 마른 풀을 쌓아 성문과 창고에 불을 질러라!"

마침내 수춘성은 커다란 붉은 연꽃 한 송이가 되어 활활 타올랐다.

그때 허창에서 급보가 날아들었다. 형주의 유표가 장수와 손을 잡았다는 내용이었다.

조조는 급히 손책에게 사람을 보내 유표를 위협해 줄 것을 부탁했다. 그러고는 유비에게도 명을 내렸다.

"귀공은 이제 소패로 돌아가시오. 이것은 호랑이를 잡기 위한 준비 과정이요. 진등과 그의 아버지가 함정을 파고 있으니 빈틈없이 준비해 두시오."

조조는 뒷날 다시 공격할 것을 계획한 뒤 군대를 이끌고 허창으로 돌아갔다.

해가 바뀌어 조조의 나이도 벌써 마흔이 되었다. 가문은 번창하고 승상이라는 높은 관직에 올라 있었다. 정월이 되자 조조는 조정으로 나가 황제를 만났다.

"남쪽의 회남은 작년에 벌어진 싸움으로 어느 정도 안정이 되었으니 이제 서쪽으로 나가 싸워야 할 듯합니다."

승상의 명령이 떨어지자 하룻밤 사이에 대군이 서쪽으로 움직이기 시작했다. 서쪽에서는 완성의 장수가 활개를 치고 있었다.

마침내 조조의 대군이 완성으로 쳐들어오자 장수는 형주의 유표에게 도움을 구하고 직접 나가 맞섰다. 하지만 조조의 군대는 거침없이 밀고 들어왔다. 함성을 지르고 기름을 묻혀 불을 붙인 짚더미와 횃불을 내던지는 등 온갖 방법으로 공격했다.

장수는 막아 낼 힘조차 잃고 말았다. 이제 장수는 오로지 가후의 꾀에만 의지할 수밖에 없었다.

"어쩌면 좋겠는가?"

"제가 망루에 올라 지켜보니 조조가 성 주변을 세 바퀴나 돌며 살피고 있었습니다. 그가 가장 눈여겨본 곳은 동남쪽 문이었습니다. 그곳은 성벽을 수리한 지 얼마 되지 않았는데, 아마 오래된 돌과 새로 쌓은 돌이 뒤섞여 있다 보니 공략하기 좋다고 생각한 것 같습니다. 그래서 이튿날부터 서쪽 문을 공격하게 한 것입니다."

"동남쪽 문을 살펴 놓고 어찌 서쪽 문을 급히 공격한단 말인가?"

"거짓 공격입니다. 우리의 힘을 서쪽에 집중하게 한 뒤, 몰래 동남쪽 문을 부수고 쳐들어와 단번에 완성을 빼앗겠다는 생각입니다."

그 말을 들은 장수는 온몸에 소름이 돋았다.

조조와 같이 지혜로운 사람도 때로는 자신의 꾀에 넘어가는 법이다. 조조는 가후의 예상대로 서쪽 문을 공격하는 것처럼 보인 뒤, 강한 병사들을 데리고 몰래 동남쪽 문으로 갔다.

"적의 병사 모두 서쪽 문을 막는 데만 힘쓰다니, 내 계략에 걸려들었구나."

조조는 통쾌하다는 듯 웃으며 성문 안으로 앞장서 들어갔다. 그런데 성안은 새카만 어둠에 잠겨 있을 뿐 횃불 하나 보이지 않았다.

"아뿔싸!"

그제야 조조는 눈치를 챘지만 때는 이미 늦었다. 땅을 뒤흔드는 함성과 함께 사방의 어둠이 일제히 적이 되어 몰려들었다. 그곳뿐만

아니라 거짓 공격이라는 것이 들통 났기에 서쪽 문에서도 조조의 군대는 힘을 잃고 말았다. 조조는 참담한 표정으로 이를 갈았다. 그리고 물러설 줄 아는 것도 병법이라는 듯 군대를 돌려 달아났다. 하지만 하늘을 올려다보니 산은 이미 어두워졌으며 해가 떨어지려 하고 있었다. 천하의 조조라 해도 처참한 마음이 들지 않을 수 없었다.

"유표와 장수의 군대가 계속 뒤쫓아 오고 있습니다."

부하들의 말에 조조는 조금도 흔들리지 않았다. 그러더니 길도 없을 것 같은 산에 밤새도록 통로를 파게 했다. 그리고 병사들을 일부만 남기고 모두 숨게 했다.

"병사 숫자가 저거밖에 안 돼? 하기야 힘든 행군을 계속했으니 병사들이 도망칠 법도 하지."

뒤를 쫓던 유표와 장수의 병사들이 조조의 군대를 보며 중얼거렸다. 유표와 장수가 공격을 지시했고, 조조도 산 한쪽에서 큰 소리로 외쳤다.

"숨어 있는 병사들이여, 지금이다! 들판을 감싸고 적을 포위하도록 하라!"

조조의 명령에 눈에 보이던 병사들의 여덟 배나 되는 대군이 땅에서 솟아올랐다. 유표와 장수의 병사들은 놀라 달아나기 바빴다. 벌판의 풀들이 피에 물들고 시체들이 곳곳에 산더미처럼 쌓였다. 바로 그때, 허창에서 급히 소식이 왔다. 조조가 도읍을 비운 틈을 타 원소가 공격을 하려 한다는 내용이었다. 조조는 모든 것을 포기한 채 서둘러 허창을 향해 달렸다.

간신히 허창에 도착한 조조는 부하들을 위로했다. 그러자 자리에 있던 순욱이 조조에게 물었다.

"유표와 장수의 군대가 뒤쫓아 올 때 승상께서는 조금도 흔들리지 않고 방법을 생각해 내셨습니다. 어찌 그런 방법을 생각하셨는지요?"

조조가 웃으며 대답했다.

"그때는 유표와 장수가 지칠 대로 지친 우리에게 오로지 죽음뿐이라는 각오를 심어 준 셈이지. 그 덕분에 우리 장병들은 죽을힘을 다해 싸웠다네. 사람은 역경에 빠지면 죽음 속에서도 스스로 길을 찾게 마련이네."

조조의 대답을 들은 부하들은 그 뒤로 조조를 더욱 따랐다.

그 무렵 성안은 각 지역에서 햇곡식과 신선한 채소 등을 싣고 온 상인들과 공물*로 바칠 비단을 들고 온 사람들로 붐볐다. 그중에는 하인 오십 명을 데리고 화려한 여장*을 갖춘 일행도 있었다.

"기주의 원소가 보낸 부하라던데."

도읍 안에서 '기주의 원소'라고 하면 모르는 사람이 없었다. 원소는 엄청난 세력을 지닌 명문가 출신이었다.

조조의 신하가 조조에게 편지를 건네며 말했다.

"원소의 부하가 승상께 이 편지를 전해 달라고 합니다."

조조는 편지를 읽고 나더니 껄껄껄 소리 내어 웃었다.

공물 옛날, 지방에서 중앙정부나 궁궐에 바치던 특산품. | 여장 여행할 때 입는 옷이나 필요한 도구 등을 가리킨다.

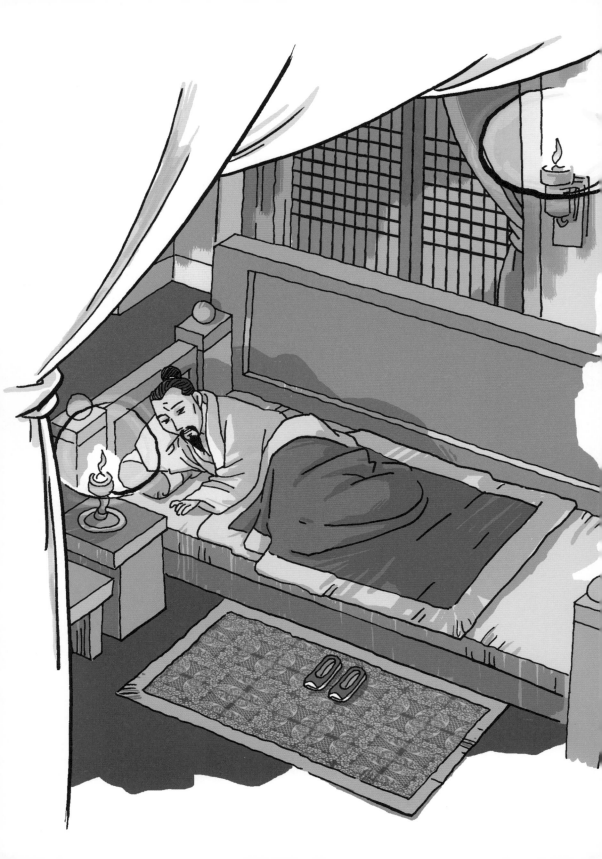

"참으로 뻔뻔스러운 놈이구나. 내가 도읍을 비웠을 때 공격할 기회를 엿보더니 이제 와서 공손찬과의 싸움을 도와 달라고? 나를 얼마나 우습게 봤으면 말과 식량을 달라고 큰소리친단 말이냐?"

조조는 불쾌한 마음을 드러내며 편지를 집어 던졌다.

그날 밤 조조는 밤새 잠을 이루지 못했다.

"여러 해 묵혀 왔던 숙제를 풀어야 할 때가 온 것인가?"

천하의 조조도 원소라는 커다란 숙제를 앞에 두고 쉽게 잠을 잘 수가 없었다.

"두려워할 필요 없다. 그렇다고 얕잡아 볼 수도 없다."

원소 곁에는 현명한 장군이 많았고, 회남에 동생 원술이 있었다. 지리적으로 봐도 불리했다. 허창을 중심으로 서쪽에는 유표와 장수, 동쪽에는 원술, 북쪽에는 원소가 있었다. 사방이 적으로 둘러싸여 있을 뿐 안심할 수 있는 곳은 한 군데도 없었다.

"그렇다고 가만히 앉아 있기만 한다면, 나는 결국 승상이라는 이름만 얻은 채 바람과 같이 사라지고 말 것이다. 좋다, 해보자!"

마침내 조조는 마음을 정했다. 그리고 순욱을 불렀다.

"순욱, 나는 무슨 일이 있어도 원소를 칠 생각이네. 당장 원소가 보낸 신하의 목을 베고 그에게 선전포고를 해야겠네."

"참으십시오. 여포를 잊어서는 안 됩니다. 여포는 호시탐탐 이곳을 엿보고 있는 뒷문의 호랑이입니다. 게다가 유표와 장수 쪽도 아직은 마음을 놓을 수가 없습니다."

"그럼 원소의 무례함을 참아야 한단 말인가?"

"승상께서 직접 싸우실 필요 없이 원소가 스스로 무너질 때까지 기다리시면 됩니다. 그러다 마지막 한 번의 공격을 가하면 모든 일이 뜻대로 될 것입니다."

조조는 순욱의 말을 따르기로 했다. 그래서 원소의 청을 받아들여 말과 식량을 비롯해 수많은 군수품을 건네주었다. 그뿐만 아니라 원소를 '대장군태위'에 임명했다.

철창에 갇힌 호랑이

여포는 진규 부자를 곁에 두고 무슨 일이든 의논했다. 그런 여포를 보며 진궁은 걱정이 이만저만이 아니었다.

"진규 부자는 교묘하게 좋은 말만 내뱉으며 장군께 잘 보이려고 합니다. 그러니 가슴속 이야기까지 털어놓지는 마십시오."

"적어도 내게는 둘도 없는 좋은 부하들일세. 자네야말로 질투를 해서 그들을 모함하는 게 아닌가?"

진궁은 한숨을 내쉬며 자리에서 물러났다. 그리고 어수선한 마음을 다독이기 위해 하인을 데리고 사냥을 나갔다. 한참 가을 들판을 달리고 있는데 저 멀리 한 나그네가 진궁을 보고 달아나기 시작했다. 진궁은 활에 화살을 메겨 나그네의 다리를 겨냥했다.

나그네는 조조와 유비 사이에서 은밀하게 편지를 심부름하던 사람이었다. 진궁은 유비가 조조에게 보낸 답장을 빼앗아 읽었다. 편지의 내용을 보니 조조가 여포를 치자고 제안했고 유비는 적극 돕겠다는 것이었다.

"나는 지금 서주성으로 들어갈 테니 너는 이놈을 끌고 가 가둬 놓도록 해라."

진궁은 하인에게 명을 내리고 급히 여포를 만나러 갔다.

진궁이 유비의 편지를 내보이자 여포가 온몸을 부들부들 떨며 소리쳤다.

"괘씸한 유비 놈! 어느 틈에 조조와 한통속이 되어 이 여포를 없앨 음모를 꾸미다니."

여포는 곧바로 소패성을 짓밟고 유비를 잡아 오라고 명령했다.

소패는 작은 성이었으나 함부로 공격할 수 없는 성이었다. 여포의 군대는 도적들까지 다 끌어들여 작전 준비에 나섰다. 그리고 소패의 사방을 포위하여 공격을 시작했다.

소식을 들은 유비도 장병들에게 지시를 내렸다.

"관우는 서쪽 문을 지키도록 하게. 장비는 동쪽 문을, 손건은 북쪽 문을 막게. 남쪽 문은 내가 직접 막겠네."

성안이 끓는 솥처럼 요란스러웠다. 여포의 부하인 장료가 군대를 이끌고 서쪽 문으로 공격해 왔다. 그것을 본 관우가 성문 위에서 외쳤다.

"귀공은 장료 장군이 아니시오. 장군과 같은 인물이 여포처럼 난폭한 자를 섬기다니, 가끔은 귀공이 도적인지 의심스러울 때가 있소. 싸움터에 나온 이상 정의를 위해 싸우고 나라를 위해 목숨을 바쳐야 할 텐데 장군은 그럴 기회가 없겠구려."

그러자 장료가 갑자기 말 머리를 돌려 다른 쪽 문으로 가는 것이었다.

'아, 장료는 정의가 무엇인지 부끄러움이 무엇인지 아는 장수로구나. 참으로 아까운 인물이로다.'

관우는 장료의 뒷모습을 보며 씁쓸해했다.

이튿날 여포가 적토마를 타고 소패성 아래까지 달려왔다.

"이깟 조그만 성 하나를 공격하는 데 도대체 며칠이 걸리는 게냐? 단번에 짓밟아라."

성벽 위에서 그 모습을 본 유비가 차분한 목소리로 여포에게 말했다.

"여 장군, 어찌 이리도 모질게 공격하시는 게요? 우리 사이에 정과 친분*은 있어도 원수진 일은 없지 않소? 얼마 전 조조가 내게 군대를 일으키라고 엄명을 내렸기에 어쩔 수 없이 승낙하는 답을 보내기는 했으나 내가 어떻게 장군을 해할 마음을 품었겠소? 우리가 싸우면 뒤에서 누가 기뻐하고 이익을 얻을지 깊이 생각해 보시기 바라오."

여포는 유비가 조곤조곤 설득하자 한동안 아무 말도 하지 못했다. 그 뒤 여포의 군대는 공격 없이 포위만 한 채 덧없이 시간을 보냈다. 그리고 그사이 조조의 군대가 유비를 돕기 위해 도착했다. 여포는 이제 조조와의 싸움을 피할 수 없게 되었다.

"먼 길을 오느라 지친 적군을 단숨에 짓밟아라!"

친분 가까운 우정.

여포의 군대와 조조의 군대는 흙먼지를 일으키며 싸움을 벌였다. 그런데 앞장서 싸우던 조조의 부하 하후돈이 화살을 맞고 말았다. 화살은 하후돈의 왼쪽 눈에 박혔다. 그때 하후돈의 동생 하후연이 나타나 형을 데리고 달아났다.

"이 기회를 놓쳐서는 안 된다."

여포가 직접 말을 몰아 앞으로 나서며 외쳤다. 여포는 성난 파도와 같은 기세로 소패까지 밀고 들어갔다.

어지러이 오가는 화살에 구름이 비명을 지르고 하늘과 땅이 뒤흔들렸다. 관우와 장비가 아무리 용맹하다 해도 몇 안 되는 병사로 여포의 대군에 맞서는 것은 무리가 있었다. 당연히 유비의 군대는 패하고 말았다.

여포가 성안으로 달려들며 유비를 향해 소리쳤다.

"이 귀 큰 놈아, 꼼짝 마라!"

유비는 태어날 때부터 귀가 매우 커서 '토끼 귀'라는 별명으로 불리곤 했다.

여포를 따라 고순과 장료의 병사들도 소패성 안으로 쳐들어갔다. 불길이 치솟고 여기저기서 함성이 울려 퍼졌다. 유비의 병사들은 도망치기 바빴고 유비도 달아날 수밖에 없었다. 한참을 달리던 유비가 갑자기 말을 멈췄다.

'소패성에 늙은 어머니가 계시고 아내와 자식도 있는데 내 어찌 혼자서 달아날 수 있겠는가.'

유비는 부끄러운 마음에 다시 성으로 돌아가기로 마음먹었다. 그러다 문득 또 다른 생각이 떠올랐다.

'지금 가면 가족들까지 위험해질지도 모른다. 도망가는 길이 쉬울리도 없다. 아무리 여포라 해도 내 가족을 함부로 죽이지는 않을 것이다. 다시 가서 여포를 화나게 하기보다는 완전히 승리하게 하여 그의 마음에 정이 솟기를 바라는 편이 나을 것이다.'

유비의 생각이 옳았다. 유비의 예상대로 여포는 부하인 미축을 불러 지시를 내렸다.

"유비의 가족을 서주성으로 정중히 모시고 가게. 함부로 대하는 병사가 있으면 목을 쳐도 상관없네."

여포는 고순, 장료 두 장군을 소패성에 남겨 두고 끝까지 나가 싸웠다. 관우, 장비, 손건 등 유비의 부하들을 찾아 나섰지만 그들은 이미 산속 깊이 사라지고 없었다.

유비가 산을 넘어가는데 계곡 쪽에서 손건이 병사 수십 명과 함께 달려왔다.

"무사하시니 참으로 다행입니다."

"자네도 무사하니 다행이네. 허창으로 가서 조조를 만나 앞일을 꾀하도록 하세."

유비와 손건은 길을 서둘렀다.

얼마 뒤 그들의 눈앞에 산골 마을이 보였다. 유비와 병사들은 굶주린 배를 움켜쥐고 마을로 들어섰다. 유비를 알아본 마을 사람들은 곧 먹을 것을 가져와 유비에게 바쳤다. 어떤 노인은 옷소매로 유비의 더러워진 신을 닦았다. 모두 유비의 사람됨을 진작부터 알고

있었던 것이다.

이튿날 유비 일행은 마을 사람들에게 인사를 하고 허창으로 향했다. 그때 마침 조조의 대군이 흙먼지를 일으키며 달려왔다. 조조는 유비에게 그동안 있었던 일을 전해 듣고 유비를 위로했다. 그러고는 작전을 짜 다시 소패성으로 발걸음을 옮겼다.

유비와 조조의 군대가 소패성 근처에 도착하자 애꾸가 된 하후돈이 인사를 하러 나왔다.

"그 눈은 어떻게 된 건가?"

조조의 물음에 하후돈이 한쪽 눈뿐인 얼굴로 웃으며 대답했다.

"지난번 싸움에서 잃고 말았습니다."

"먼저 허창으로 돌아가 눈을 치료하도록 하게."

곧이어 각 장군들이 인사를 하러 왔고 조조가 그들에게 물었다.

"여포 쪽 상황은 어떤가?"

"여포의 세력이 더욱 강해졌습니다. 강도든 산적이든 가리지 않고 받아들여 병사들 수만 해도 엄청나게 늘었습니다."

"소패성은?"

"여포의 부하인 장료와 고순이 지키고 있습니다."

"그렇다면 우선 소패성부터 공격해라."

조조의 명령이 떨어지자 모두 바쁘게 움직였다.

그러나 서주로 돌아온 여포도 소식을 듣고 다시 발 빠르게 군대를 움직였다.

"내가 직접 소패로 가서 막아야겠구나."

여포는 진규 부자를 불러 회의를 한 뒤 진등에게는 자신을 따라오게 하고 진규에게는 남아서 서주를 지키게 했다.

진규 부자는 아무도 없는 방에서 여포 몰래 목소리를 낮춰 이야기를 나누었다.

"저는 소패성으로 가서 묘책*을 쓸 생각입니다. 그러면 여포가 조조에게 쫓겨 서주로 돌아올 것입니다. 그때는 성문을 굳게 닫고 여포가 들어오지 못하게 해 주십시오."

"내가 이 성을 지킨다 해도 성안에는 여포의 친척들이 여럿 머물고 있다. 내가 아무리 열지 못하게 해도 그들이 가만히 있지 않을 게다."

"걱정하지 마십시오. 제가 계책을 써서 그리하지 못하도록 할 것입니다."

아버지와 아들이 어두운 방에서 일을 꾸미고 있을 때 바깥에서 여포의 목소리가 들려왔다. 진규 부자는 눈짓을 주고받았고 진등이 먼저 방에서 나왔다.

"뭘 하고 있었던 게냐?"

여포가 진등을 보며 버럭 소리를 질렀다. 하지만 진등은 태연한 척 대답했다.

"아버지께서 성을 잘 지킬 수 있을지 걱정이 많으셔서 위로해 드렸습니다."

묘책 아주 교묘한 꾀.

여포가 눈썹을 찌푸리며 물었다.

"진 대부가 무엇을 그리 걱정한다는 건가?"

"이번에는 조조의 대군이 서주까지 쳐들어올지 모릅니다. 만약 그런 큰일이 벌어진다면, 장군의 가족과 금은보화를 한꺼번에 다른 곳으로 옮기기는 어려울 듯하다고……."

"그래, 그런 걱정이 들만도 하다."

여포는 고개를 끄덕이더니 곧바로 부하인 미축을 불렀다.

"자네는 진 대부*와 함께 성에 남아 내 가족과 금은보화를 하비로 옮겨 놓게."

여포는 뒷일까지 완벽히 대비한 것으로 믿고 당당하게 서주성을 떠났다. 하지만 미축 역시 여포를 잡으려고 함정을 파던 사람 중 하나였다. 하지만 여포는 그 사실을 전혀 눈치채지 못했다.

여포의 군대가 소패성으로 가는 길에 소관이 위험하다는 보고가 들어왔다.

"그렇다면 소관을 먼저 구하러 가자."

여포가 서둘러 말 머리를 돌리려 하자 진등이 막아서며 말했다.

"제가 병사들을 데리고 가서 분위기를 살펴보겠습니다. 어떤 상황인지 모르는데 섣불리 장군께서 움직이시는 건 위험합니다."

"나의 안전을 먼저 생각하다니 역시 자네는 참된 부하일세. 어서 가도록 하게."

대부 옛날 중국의 높은 벼슬아치 계급을 가리킨다.

진등은 앞서 달려 나갔다. 그러고는 소관에 도착하자마자 진궁과 장패를 만나 물었다.

"여 장군께서 이곳에 오시려 하지 않았네. 혹시 장군께 의심을 살 만한 행동을 했는가?"

"글쎄, 그런 기억은 없는데요."

진궁과 장패는 서로의 얼굴을 마주 보았다. 그들은 여포에게 의심을 받는 것이 왠지 불안했다.

그날 밤, 진등은 높은 망루*에 올라섰다. 그리고 저 멀리 조조의 군대에서 뿜어져 나오는 불빛을 향해 화살 한 발을 쏘았다. 화살에는 편지가 묶여 있었다.

날이 밝을 무렵 진등은 여포의 진영에 도착했다. 기다리고 있던 여포가 진등에게 물었다.

"소관의 분위기는 어떤가?"

"몹시 걱정스러운 상황이었습니다."

여포의 얼굴빛이 바뀌었다.

"그렇다면 진궁이 다른 마음을 품었단 말인가?"

"다른 놈들이야 눈앞의 이익을 보면 돌아설 거라 생각했지만 진궁처럼 장군의 은혜를 입은 자가 배신을 꾀할 줄은 꿈에도 생각하지 못했습니다. 사람의 마음이란 참으로 믿기 어려운 것입니다."

"괘씸한 놈 같으니. 그나저나 아무것도 모른 채 소관으로 갔다면

망루 적이나 주위의 동정을 살피기 위하여 지은 다락집.

일을 그르칠 뻔했군. 자네는 다시 소관으로 가서 진궁에게 무조건 술을 먹이게. 진궁이 술에 취해 정신을 잃으면, 망루에서 불을 올려 신호를 주게. 그러면 내가 안으로 들어가 진궁을 처리할 테니."

진등이 떠나자 여포도 병사들을 이끌고 소관으로 향했다. 진등은 땅거미가 짙게 드리워질 무렵 소관에 도착했다. 그는 말에서 내리자 마자 다급하게 진궁을 불렀다.

"큰일 났소. 조조의 군대가 방향을 바꿔 서주로 쳐들어갔다고 하오. 여기를 지켜봐야 득 될 것이 없으니 병사를 이끌고 서주로 가라는 여 장군의 명령이오."

진등은 그렇게 말하고 급히 말에 올라 어둠 속으로 사라졌다. 깜짝 놀란 진궁은 병사를 모아 서주로 떠났다. 그렇게 해서 소관은 텅 빈 상태가 되었다. 어둠이 깔리고 진등이 망루 위에 올라섰다. 그는 화살촉에 편지를 묶어 다시 한 번 화살을 날렸다.

어둠에 잠긴 산기슭을 가만히 바라보니 횃불 하나가 흔들렸다. 편지를 읽었다는 신호였다. 곧이어 수많은 병사가 성안으로 밀려들었다.

진등이 두 번째 신호를 보냈다. 그것은 망루에서 올린 신호를 알리는 봉홧불*이었다. 커다란 불덩이가 하늘 위로 올랐다. 십 리 밖에서 불빛을 본 여포가 명령을 내리자 병사들이 소관을 향해 움직였다. 그때 앞쪽에서 달려오는 군대가 있었다. 아무것도 모른 채 서주

봉홧불 옛날 나라에 적이 쳐들어왔을 때 신호로 삼아 올리는 불을 봉화라 하고 그 용도로 드는 횃불을 봉홧불이라고 한다.

를 구하러 가는 진궁의 군대였다.

여포 쪽에서도 사정을 알 리 없었다. 어둡기도 했고 두 군대 모두 잔뜩 긴장한 상태였다. 곧이어 커다란 충돌이 일어나면서 처참한 싸움이 펼쳐졌다.

"뭔가 좀 이상한데."

드디어 여포가 눈치를 챘다. 그와 동시에 상대편에서도 진궁의 다급한 목소리가 들려왔다.

"혹시 상대가 우리 편인 것은 아니냐? 조조의 군대 같지는 않다."

여포가 병사들을 향해 소리를 질렀다.

"한심한 놈들! 같은 편이지 않느냐."

하지만 때는 너무 늦었다. 양쪽 모두 수많은 병사를 잃고 말았다.

"진등이 내게 보고한 내용과 진궁 자네에게 한 말이 전혀 다르네. 소관으로 가서 자세한 얘기를 듣기로 하세."

여포는 진궁과 남은 병사를 데리고 소관으로 향했다.

여포의 군대가 소관에 다다를 무렵이었다. 곳곳에 숨어 있던 조조의 병사들이 한꺼번에 일어나 달려들었다. 이번에는 진짜 조조의 군대였다. 그들은 진등의 신호를 받고 소관으로 달려와 적을 기다렸던 것이다. 여포의 군대는 혼란에 빠져 달아나기 바빴다.

"서주로 돌아가 대책을 마련하세."

여포와 진궁은 초라한 모습으로 발걸음을 서둘렀다.

한참을 달려 여포의 군대는 서주성에 도착했다. 하지만 서주성 문으로 들어서려는 순간 망루 위에서 화살이 비처럼 쏟아져 내렸다.

여포는 놀라 날뛰는 말을 진정시키며 위를 올려다보았다. 마침 미축이 얼굴을 내밀었다.

"이 성은 예전에 네놈이 우리의 주인인 유비 나리를 속여 빼앗은 것이 아니냐? 다행히 오늘 원래 주인의 손에 넘어갔다. 더는 네놈의 집이 아니니 당장 꺼지도록 해라."

미축은 말을 마친 뒤 안쪽으로 들어가 버렸다. 그리고 여기저기서 손뼉을 치며 왁자지껄 떠드는 소리만 새어 나왔다. 그 소리에 여포는 이를 갈며 온몸을 부르르 떨었다. 바로 그때 소패성을 지키던 고순과 장료가 병사들을 이끌고 달려왔다.

"도대체 무엇 때문에 이곳으로 온 겐가?"

여포의 물음에 고순과 장료가 알 수 없다는 표정으로 대답했다.

"저희는 소패성을 굳게 지키고 있었는데 얼마 전에 진등이 찾아왔습니다. 그러더니 주공께서 어젯밤 조조의 군대에 포위를 당했으니 한시라도 빨리 서주로 달려가 주공을 구하라는 것이었습니다. 이에 큰일이다 싶어 서둘러 온 것입니다."

옆에 있던 진궁이 쓸쓸한 얼굴로 중얼거렸다.

"이 모든 것이 진규 부자의 계책이었구나. 다 지나고 후회한들 무슨 소용이란 말인가."

여포 역시 한스럽다는 듯 하늘을 올려다보았다.

"내 뒤통수를 치다니. 배은망덕한 놈들! 두고 봐라."

"주공, 이제 어떻게 하실 생각입니까?"

진궁이 묻자, 여포가 분한 마음을 누르며 말했다.

"소패로 가가."

진궁은 말없이 여포의 뒤를 따랐다.

여포는 쉬지 않고 소패성 앞까지 달려갔다. 이미 성벽 위에는 적의 깃발이 펄럭이고 있었다. 진등이 망루에 올라 크게 웃으며 여포를 향해 외쳤다.

"빨간 말을 탄 거지가 따로 없네, 하하. 여봐라, 돌덩이라도 먹으라고 내주어라."

"진등 이놈! 내 은혜를 잊었단 말이냐? 지금까지 누구 덕분에 밥을 먹었단 말이냐?"

"닥쳐라, 나는 한 황실의 신하다. 내 어찌 너처럼 난폭한 역적을 진심으로 따랐겠느냐?"

"네놈의 목을 치기 전까지 나는 여기서 물러나지 않겠다. 진등, 어디 한판 겨뤄 보자!"

여포가 소리치고 있을 때 갑자기 병사 한 무리가 여포의 군대를 공격하기 시작했다.

"이럴 수가! 성 밖에도 조조의 군대가 있었단 말이냐."

그런데 가까이 다가온 적을 보니 조조의 병사가 아니었다. 말도 좋지 않고 무기도 제대로 갖추지 않은 것으로 보아 잡병이 틀림없었다. 하지만 기세만은 대단했다. 앞뒤 가리지 않고 함성을 지르며 우르르 몰려드나 싶더니 곧 피바다를 만들었다.

얼마 뒤 병사들이 흩어지더니 말을 탄 장수 두 사람이 땅을 박차고 나서며 소리쳤다.

"나는 유비 장군의 아우 관우다!"

"그리고 난 유비 장군의 아우 장비다!"

한 사람은 붉은 얼굴에 긴 수염을 한 관우였고 또 한 사람은 표범 머리에 호랑이 눈썹을 한 장비였다. 여포의 병사들은 관우와 장비의 목소리만 듣고도 벌벌 떨었다.

관우가 청룡도를 비껴들고 돌진하며 외쳤다.

"여포! 아직도 적토마가 멀쩡하더냐?"

여포도 어쩔 수 없이 맞서 싸울 수밖에 없었다.

"형님, 그놈은 내게 맡기슈."

장비가 여포를 보고 바람처럼 달려왔다. 관우도 말을 몰아 뒤쫓았다. 하지만 그들의 말과 여포의 적토마는 확실히 달랐다. 적토마 덕분에 여포는 간신히 목숨을 건질 수 있었다. 그는 서주의 작은 성인 하비로 달아났다.

그날 밤 조조는 성대한 잔치를 열었다. 가장 큰 공을 세운 진규 부자에게 관직을 올려 주고 유비에게 서주 태수 자리를 내주었다. 서주에는 유비의 가족들이 갇혀 있었다. 하지만 미축과 진규가 밤낮으로 지켰기에 무사히 지내고 있었다.

잔치 분위기가 무르익을 무렵 조조와 부하들은 여포를 잡기 위한 마지막 작전을 세웠다. 조조는 이번에야말로 여포를 처리하지 않고는 허창으로 돌아가지 않겠다고 결심했다.

"하비는 여포가 제 발로 뛰어 들어간 우리와 다를 바 없다. 여포는 이미 철창에 갇힌 호랑이다. 하지만 쥐도 구석에 몰리면 고양이

를 문다는 말이 있다. 자칫 잘못했다가는 여포라는 호랑이에게 물릴 우려가 있다."

조조의 말에 부하들이 의견을 내놓았다.

"불에 생선을 띄워 굽듯 천천히 공격하는 것이 좋을 듯합니다. 급하게 들이닥치면 지혜가 부족한 여포가 어떤 무모한 짓을 저지를지 모릅니다."

"어쩌면 여포가 체면도 가리지 않고 마지막 수단을 택할지도 모릅니다. 그것은 바로 회남의 원술에게 무조건 항복한 뒤 도움을 얻는 것입니다."

부하들의 말에 조조가 고개를 끄덕였다. 그는 잠시 생각에 잠기더니 옆에 앉은 유비에게 말을 건넸다.

"산동 쪽은 내가 거느리는 군대로 막을 테니 귀공은 하비와 회남 쪽을 맡아 주시오."

"명을 받들도록 하겠습니다."

잔치가 끝난 뒤 유비는 관우, 장비, 손건 등을 이끌고 출발했다.

배신자의 최후

겨울이 다가오고 있었다. 강물이 얼어붙을 정도는 아니었으나 매서운 찬바람이 몸속으로 파고들었다. 그사이 여포는 강가에 울타리를 세우고 무기와 식량을 충분히 마련해 놓았다. 한편 조조는 산동부근을 재빨리 장악한 뒤 하비로 대군을 몰고 갔다.

여포의 군대와 조조의 군대는 이틀 동안 서로 화살만 쏴 댔다. 그러다 조조가 먼저 병사 이십여 명을 이끌고 강을 건넜다.

"여포는 어디 있느냐?"

조조가 성을 향해 소리쳤다.

여포가 망루 위로 모습을 드러내더니 짐짓 딴전을 부리며 말했다.

"나를 부르는 자가 누구냐?"

"허창의 승상 조조다. 원래 너와 나 사이에 무슨 원수진 일이 있겠느냐? 나는 단지 네가 황제의 자리를 넘보는 원술의 집안과 혼인을 맺는다기에 군대를 이끌고 온 것일 뿐이다. 나는 네가 옳고 그름을 구분하지 못할 정도로 어리석은 장군은 아니라고 믿고 있다. 지금이라도 창을 놓고 이 조조를 따른다면 황제에게 아뢰어 네 명예를 반드시 되찾아 주겠다."

여포는 마음이 움직였다.

"이 여포에게 잠시 생각할 시간을 주시오."

그러자 진궁이 깜짝 놀라며 말했다.

"이제 와서 무슨 나약한 소리를 하시는 겁니까? 누구보다 조조의 인간성을 잘 알고 계시지 않습니까? 제게 좋은 방법이 있습니다."

"무엇인가? 망설이지 말고 내게 말해 보게."

"장군께서 장병을 이끌고 성 밖으로 나가시면 조조가 틀림없이 뒤쫓을 것입니다. 그때 제가 성안에 머물다 조조의 뒤를 치겠습니다. 조조가 다시 성 쪽으로 향하면 이번에는 장군께서 조조의 뒤쪽을 공격해 주십시오. 그렇게 앞뒤에서 공격을 가하면 제아무리 조조라 해도 꼼짝 못할 것입니다."

"흠, 좋은 방법이로군."

여포는 의지를 불태우며 장병들에게 당장 성을 나설 준비를 하라고 명령했다. 그러자 여포의 부인 엄씨가 눈물을 흘리며 다가섰다.

"어찌 성을 진궁에게 맡기고 가시려는 건가요? 장군께서는 남은 처자식이 걱정도 아니 되시나요? 진궁을 어떻게 믿고 성을 떠나시려고 하세요?"

엄씨가 걱정을 늘어놓자 여포가 당황하며 말했다.

"그만 울음을 그치시오. 싸움을 앞두고 어찌 불길하게 눈물을 흘리는 게요. 내 좀 더 생각해 보리라."

이틀이 지나고 사흘이 지났다. 진궁이 다시 여포 앞으로 나갔다.

"장군, 하루라도 빨리 성 밖으로 나가 맞서지 않으면 조조의 대군이 성을 에워싸고 말 것입니다."

"나도 그렇게 생각하네만 역시 멀리 나가서 싸우기보다는 성안에 머물며 굳게 지키는 것이 유리할 것 같네."

여포의 방에서 나온 진궁이 안타까운 듯 길게 탄식했다. 그 뒤로 여포는 밤낮으로 술에 빠져 지냈다. 그러던 어느 날 진궁의 부하인 허사와 왕해가 다시 한 번 여포를 찾아가 말했다.

"회남의 원술은 아직도 세력이 왕성합니다. 아직 늦지 않았으니 따님을 원술의 아들과 혼인시키면서 도움을 구하는 게 어떻겠습니까? 원하신다면 저희가 가서 얘기를 잘 전하겠습니다."

"그렇군! 그 혼담도 아직 깨진 게 아니었지. 그렇다면 당장 원술에게 편지를 써 줄 테니 그것을 들고 급히 회남으로 떠나도록 해라."

여포는 어둠 속에서 한 줄기 빛을 발견한 사람처럼 기뻐했다. 곧바로 허사와 왕해는 회남으로 가서 원술에게 여포의 편지를 건넸다.

"여포는 변덕이 죽 끓듯 해서 편지만으로는 그의 말을 도저히 믿을 수가 없소. 하지만 이번 기회에 딸을 보내 열의를 보인다면 나도 하비로 병사를 보내 돕도록 하겠소."

원술의 이야기에 허사와 왕해는 서둘러 길을 나섰다. 두 사람은 어렵게 유비 군대의 경비를 피해 하비로 돌아올 수 있었다.

"원술은 아직도 장군을 의심하고 있습니다. 따님을 먼저 회남으로 보내야만 의심을 버리고 도와주겠다고 합니다."

여포가 당혹스럽다는 얼굴로 생각에 잠겼다. 그러고는 잠시 뒤 입을 열었다.

"딸은 내 목숨과도 같은 아이다. 전쟁은커녕 세상의 찬바람조차 맞아 본 적이 없는 백옥 같은 아이지. 내가 직접 회남까지 데려가야 겠다."

여포는 적의 포위망을 벗어날 때까지 직접 딸을 업고 가기로 했다. 아무것도 모르는 열네 살 신부를 두꺼운 솜과 비단 천으로 꽁꽁 싸맨 뒤 차가운 갑옷을 입은 아버지의 등에 단단히 묶었다.

"앞쪽에 이상은 없느냐?"

여포는 한 걸음 한 걸음 살얼음을 걷듯 앞으로 나아갔다. 병사들이 번갈아 가며 앞으로 달려 나가 앞길의 상황을 보고했다. 적토마는 자개로 만든 안장에 여포를 태우고 힘차게 달렸다.

"애야, 무서워할 것 없다. 뒷날 너를 황후의 자리에 앉히겠다는 수춘성의 원씨 집안으로 시집을 가는 거란다."

여포가 등에 업힌 딸에게 말했다.

그때 관우가 병사 수천 명을 이끌고 숲을 가로질러 왔다. 순식간에 화살이 여포의 몸을 스쳐 지나갔다.

"무서워요!"

여포의 귓가에 딸의 비명이 들려왔다.

"분하지만 딸 때문에 어쩔 수가 없구나."

여포는 적토마에 채찍을 가해 다시 하비성으로 돌아가야 했다.

마지막 계획마저 실패한 뒤 여포는 성에 들어앉아 술만 마셨다.

이미 겨울로 접어든 때라 성을 포위하고 있는 조조의 병사들은 극심한 추위를 견뎌야 했다.

"이대로 있다가는 큰일이 나겠네. 군대를 되돌리기로 하세. 안타깝지만 다시 기회를 봐서 공격하기로 하지."

조조의 말에 순유가 나서서 굳세게 말했다.

"승상답지 않게 어찌 그런 말씀을 하십니까? 우리 병사도 많이 지쳤지만, 성안에 있는 사람도 괴로울 것입니다. 이제는 끈기 싸움입니다. 제방을 쌓아 물줄기를 하나로 합쳐 하비성을 물에 잠기게 하면 어떨까 싶습니다."

조조는 곧바로 순유의 의견을 받아들였고 그 계획은 성공을 거두었다. 하비성 안으로 엄청난 물이 밀려들자 적군은 어찌할 바를 모르며 높은 곳으로 기어올랐다. 날이 갈수록 수위가 높아졌다. 성안 곳곳이 침수되고 말과 병사의 시체가 둥둥 떠다녔다.

"걱정할 것 없다. 이 여포에게는 물도 평지와 다름없이 건너뛰는 적토마가 있다. 너희는 쓸데없이 소란을 피워 물에 빠져 죽지 않도록 조심하기만 하면 된다."

여포는 또다시 밤낮으로 술을 들이마셨다.

그러던 어느 날 술이 깬 여포가 문득 거울을 보더니 한숨을 내쉬었다.

"내가 어느 틈에 이렇게 늙어 버렸단 말인가?"

그는 몸서리를 치며 거울을 집어 던지고 다시 중얼거렸다.

"이게 다 술 때문이다. 술이 몸을 갉아먹은 게야. 앞으로는 절대 술을 마시지 않겠다."

그는 큰 충격을 받았는지 그날로 술을 끊었다. 게다가 성안의 장병들에게까지 금주령을 내려 술을 마시는 사람은 목을 치겠다는 법령을 내렸다.

얼마 뒤 후성이 술 다섯 병과 살찐 멧돼지 한 마리를 부하에게 짊어지게 하여 여포 앞으로 가져갔다.

"말을 훔쳐 달아난 자들을 잡아들였습니다. 마침 멧돼지를 잡아 온 자가 있어 작게나마 축하 자리를 벌이려고 왔습니다."

그러자 여포가 버럭 화를 내며 술병을 발로 차 쓰러뜨렸다.

"이게 다 무엇이란 말이냐! 성안에도 금주령을 내렸는데 술판을 벌이다니. 매 백 대를 쳐서 본보기로 삼도록 하라."

여포는 부하들에게 채찍을 쥐여 주었다. 부하들은 무릎을 꿇고 앉아 있는 후성의 등에 채찍을 휘둘렀다. 곧 후성의 옷이 찢어지고 살이 터졌다. 그 살도 점점 피로 물들어 등 전체가 물고기의 비늘처럼 일어났다. 후성은 신음과 함께 정신을 잃고 말았다.

잠시 뒤 정신을 차린 후성이 주위를 둘러보니 방 한가운데에 자신이 누워 있고 동료 장수들이 간호를 해 주고 있었다.

"정신이 드나? 괴로워도 좀 참게."

동료 장수들이 위로를 하자 후성이 입술을 깨물며 말했다.

"여 장군은 부인과 딸의 말이라면 무엇이든 다 들어주면서 우리 장수들의 말이라면 개가 짖는 것처럼 무시하고 마네. 이대로 간다면 우리는 결국 개죽음을 당하고 말 걸세."

"참으로 옳은 말일세. 실은 우리도 그 점을 슬퍼하고 있었다네. 차라리 성을 나가서 조조에게 항복하는 것이 어떻겠나?"

"하지만 성벽의 사면이 큰 물에 휩싸여 있지 않은가?"

"아닐세. 동쪽의 문은 산기슭 위에 있어서 아직 길이 물에 잠기지 않았다네."

후성이 한동안 멍하니 천장을 바라보고 있다가 갑자기 자리에서 벌떡 일어서며 말했다.

"그렇다면 내가 여포의 적토마를 훔쳐 성을 빠져나간 사이 자네들이 여포를 사로잡아 주게."

후성은 이를 악물고 밤이 깊어지기를 기다렸다. 드디어 자정 무렵 그는 적토마를 훔쳐 조조에게 달려가는 데 성공했다. 후성은 조조에게 항복을 청하고 여포의 적토마를 바쳤다.

"알았네. 날이 밝으면 곧바로 쳐들어가도록 하지."

조조는 후성을 따뜻하게 맞았다.

아침 햇살이 퍼지자 조조는 십만이 넘는 병사들을 이끌고 성을 향해 공격해 들어갔다. 깜짝 놀란 여포가 적토마를 찾았지만 적토마는 어느 곳에도 보이지 않았다.

"어젯밤 적토마가 홀연 모습을 감추고 말았습니다."

여포는 몰려드는 적을 막느라 야단칠 여유조차 없었다. 적은 뗏목을 타고 차례차례 탁류*를 건너왔다. 아무리 베고 또 베도 적들은 물러서지 않고 성 위로 기어올랐다.

여포는 이제 칼과 창을 휘두를 힘도 없었다. 그때 후성의 동료 장수들이 달려들어 여포의 몸을 꽁꽁 묶어 버렸다.

"잡았다."

후성의 동료들이 여포의 방천극을 흔들며 소리쳤다.

"어디, 항복한 자들의 얼굴을 좀 보자."

조조의 말에 가장 먼저 여포가 끌려 나왔다. 그러자 조조가 부하들을 향해 소리쳤다.

"여포의 목을 쳐라!"

조조의 명령에 여포가 커다란 목소리로 아우성을 치기 시작했다.

"승상, 내가 이처럼 항복하지 않았소. 그러니 나를 살려 부하로 삼으시는 게 어떻겠소. 아아, 어째서 쓸데없이 죽이려 하는 게요. 나 여포는 이미 진심으로 항복했소."

"너는 양아버지인 정원을 살해하고 동탁에게 항복했으면서도 또다시 그 동탁을 배신했다. 너 같은 놈은 살려 둘 수가 없다. 여봐라, 어서 저자의 목을 조이도록 해라."

조조가 명령을 내리자 부하들이 밧줄을 들고 옆으로 다가갔다. 여포가 몸부림을 치는 바람에 쉽게 제압할 수 없었지만 결국 여포는 그 자리에서 목이 졸려 죽고 말았다.

조조와 대군은 하비성을 나와 허창으로 향했다. 도중에 서주로

탁류 흘러가는 흐린 물.

들어가니 백성들이 거리로 쏟아져 나와 환호성을 보냈다. 그리고 나이 든 백성들이 무릎을 꿇고 조조에게 애원했다.

"부디 유비 나리를 서주 태수로 보내 주십시오."

"걱정할 것 없네. 유비 장군은 나와 함께 허창으로 가서 황제를 뵙고 곧 다시 서주로 돌아오게 될 것일세."

그 말을 듣고 서주의 백성들이 한꺼번에 소리를 지르며 기뻐했다. 조조는 잠시 유비에게 질투를 느꼈으나 빙그레 웃음을 지어 보였다.

"유비 장군, 황제 폐하께 예를 올린 뒤 예전처럼 서주를 평화롭게 다스려 주시오."

그로부터 며칠 뒤, 조조는 유비를 데리고 궁궐 안으로 들어갔다.

"자네는 어느 집안 사람인가?"

황제가 유비를 향해 물었다.

"신은 중산정왕의 후예이자 경제의 현손인 유웅의 손자입니다. 할아버지께서는 지방 호족*으로 번영을 누렸으나 어느 틈엔가 가문이 기울어 일반 백성이 되었습니다. 그 뒤로 제 아버지께서는 발을 짜서 이슬 같은 목숨을 간신히 이어 나갔습니다."

황제가 놀라 눈을 둥그렇게 뜨며 말했다.

"그렇다면 우리 한 황실의 친족이 아니신가? 족보를 따지면 숙부*뻘이 되는구려."

황제는 유비의 손을 잡으며 기뻐했다. 그러고는 크게 잔치를 베풀

호족 부유하고 세력이 강한 집안. | 숙부 작은아버지.

었다. 그날 황제는 전에 없이 참으로 즐거운 모습이었다.

황제의 명에 따라 유비는 좌장군 선성정후에 봉해졌고 사람들은 유비를 황제의 숙부로 여기며 '유 황숙'이라 높여 불렀다. 하지만 조조의 심복 순욱은 그러한 사실을 못마땅해 했다.

"황제께서 유비를 높여 숙부로 삼으시고 두텁게 신임하신다는 말을 들었습니다. 뒷날 승상께 커다란 해가 되는 것이 아닐까 모두 근심하고 있습니다."

순욱의 말에 조조는 크게 문제 삼지 않는다는 듯 웃어 보였다.

"나와 유비는 형제와 다를 바 없는 사이일세. 어찌 뒷날에 해가 된다고 하는가?"

"승상께서는 그렇게 생각하실지 모르겠으나 유비가 언제까지 승상의 그늘 아래 있을지 알 수 없습니다."

"좋든 싫든 삼십 년 동안 알고 지낸 벗일세."

그로부터 조조와 유비의 관계는 날이 갈수록 친밀해졌다. 두 사람은 궁에 입궐할 때에도 수레를 같이 탔으며 잔치에도 언제나 자리를 함께했다.

하루는 조조의 심복인 정욱이 조조를 찾아왔다.

"승상, 이제 할 일을 하셔야 할 때입니다. 여포를 제거한 지금 승상께서 황제의 자리에 오르시는 게 마땅합니다."

조조가 가느다란 봉의 눈을 반짝이며 날카로운 목소리로 말했다.

"함부로 떠들지 말게. 아직은 조정의 심복이라 할 수 있는 신하들이 많네. 때가 무르익지도 않았는데 일을 실행하면 스스로를 해치는 결과를 가져오게 될 게야."

하지만 그때 이미 조조의 가슴에도 야망이 싹트기 시작했다. 그는 정욱에게 입을 다물게 한 뒤 자신도 한동안 입을 다물었다.

잠시 뒤 조조는 눈을 가느다랗게 뜬 채 중얼거렸다.

"그래, 한동안은 전쟁에 정신이 팔려 사냥을 제대로 못했군. 황제 폐하와 사냥을 가서 사람들의 마음을 살펴봐야겠어."

조조는 곧 개와 매를 준비하게 했다. 또한 병사들을 성 밖에서 기다리게 한 뒤 궁궐로 들어가 황제에게 말했다.

"바깥날이 맑아 사냥하기 참 좋은 때입니다. 신들과 함께 맑은 공기를 쐬며 몸과 마음을 단련하는 게 어떠신지요?"

황제는 사냥이 내키지 않았지만 조조의 강압적인 태도에 승낙할 수밖에 없었다.

"그렇다면 유 황숙도 함께 가도록 하지."

황제는 금화살을 들고 말에 올라 조조와 유비와 함께 사냥터로 향했다. 관우와 장비, 그 외 장군들도 활을 메고 창을 들고 뒤를 따랐다. 사냥에 따라나선 병사가 십만 명이 넘었다.

황제가 말에서 내려 활과 화살을 손에 들고 유비를 돌아보며 말했다.

"황숙, 오늘의 사냥에서 짐을 기쁘게 할 생각은 하지 않아도 되오. 황숙이 즐거우면 짐 또한 즐거울 테니 말이오."

유비가 말 위에서 안장 앞쪽까지 머리가 닿을 정도로 절을 했다.

"참으로 황송하옵니다."

그 순간 몰이꾼들의 함성에 쫓긴 토끼 한 마리가 수풀 속에서 뛰어나왔다. 황제가 그것을 보자마자 서둘러 말했다.

"사냥감이오. 저것을 잡으시오."

"네."

유비가 말을 몰고 나아갔다. 그는 달아나는 토끼와 나란히 달리며 시위에 화살을 메겨 쏘았다. 하얀 토끼가 화살에 맞아 땅바닥을 뒹굴었다. 그날 궁문을 나설 때부터 잔뜩 찌푸려 있던 황제의 눈썹이 처음으로 펴지더니 유비의 솜씨를 칭찬했다.

"오, 훌륭하오. 이제 저쪽 언덕을 둘러보기로 하세. 황숙, 내 옆에 바싹 붙어 있어야 하오."

황제는 그렇게 말하고 자신이 앞장서서 말을 달려 나갔다. 그때 가시나무숲 사이에서 갑자기 사슴 한 마리가 뛰쳐나왔다. 황제가 손에 들고 있던 활에 화살을 메겨 쏘았으나 화살은 사슴의 뿔을 스치고 지나가 버렸다.

"아, 아깝구나."

황제가 세 번이나 화살을 날렸으나 맞지 않았다. 사슴은 언덕에서 밑으로 달아났다가 몰이꾼들의 함성에 놀라 다시 위쪽으로 달려왔다.

"조조! 저놈을 쏘게나."

황제가 다급히 외치자 조조가 느닷없이 다가왔다. 그러더니 황제의 손에서 활과 화살을 낚아채 화살을 날렸다. 금화살이 날아가 사슴의 배에 깊숙이 박혔다. 그러자 신하들이 금화살이 박힌 사냥감을 보고 황제가 쏜 것이라 생각하여 만세를 외쳤다.

천지를 뒤흔드는 만세 소리가 한동안 계속되었다. 그사이 조조가 말을 달려 황제 앞을 가로막은 채 커다란 소리로 말했다.

"화살을 쏜 사람은 나다!"

그 모습을 본 관우가 눈을 부릅뜨고 눈썹을 곧추세워 조조를 노려보았다.

'참으로 교만하기 짝이 없군. 황제를 업신여기는 데도 정도가 있지!'

관우는 자기도 모르게 검을 쥐었다. 이에 유비가 깜짝 놀라 관우 앞을 가로막으며 손짓과 눈짓으로 관우를 달랬다. 순간 조조의 눈길이 유비를 향했다.

"훌륭하십니다. 승상의 활 솜씨를 따를 자가 없을 것입니다."

유비가 조조를 바라보며 웃는 얼굴로 말했다.

"하하하하. 칭찬을 들으니 겸연쩍구려. 내 비록 무사이기는 하나 활 다루는 법을 제대로 익히지 못했소. 내 장기는 오히려 삼군을 수족처럼 부리고 백성들의 삶을 편안하게 다스리는 것이오."

그러면서도 조조는 오랫동안 황제의 활과 화살을 손에 든 채 돌려주지 않았다.

며칠 뒤 유비가 관우를 가만히 불렀다.

"지난번 사냥을 나갔을 때, 어찌 조조에게 그런 눈빛을 보낸 것이냐. 아무도 눈치채지 못한 듯하여 다행스럽기는 하다만 네게 어울

리지 않는 행동 아니냐?"

관우가 가만히 야단을 맞고 있다 조용히 얼굴을 들어 대답했다.

"저는 형님께서 왜 저를 말리셨는지 오히려 그 마음이 의심스러울 정도였습니다. 조조는 황제를 폐하려는 자입니다. 지난번 사냥에서도 자신의 야심을 드러내려고 일부러 대신들과 장병들 앞에서 황제를 모독했습니다."

"참으로 옳은 말이다."

유비는 몇 번이고 고개를 끄덕인 뒤 이어 말했다.

"하지만 관우야, 지금은 깊이 생각해야 할 때가 아니겠느냐. 쥐를 잡는 데 손에 익은 무기를 던져서야 쓰겠느냐? 쥐의 가치와 무기의 가치를 잘 생각해야 할 필요가 있을 게다. 장비라면 모르겠으나 너마저 그처럼 생각이 짧아서야 쓰겠느냐. 꿈에서라도 또 말 한마디에서라도 그런 노한 빛을 내비쳐서는 안 될 것이다."

유비가 차근차근 타이르자 관우는 대꾸조차 하지 못했다.

피로 쓴 황제의 편지

온 세상에 꽃이 피고 새들이 노래해도 황제는 웃지 않았다. 황제는 온종일 궁중 안에 틀어박혀 생각에 잠겨 있을 뿐이었다.

"폐하, 무슨 일로 그리 근심을 하십니까?"

황후가 걱정 어린 마음으로 물었다.

"세상의 앞날을 생각하면 밤에도 잠이 오지 않소. 단 하루도 평화로운 날 없이 역신에 이어 또다시 역신이 나왔소. 동탁의 대란 뒤에 이각과 곽사의 변이 이어졌고 드디어 도읍을 정했는가 싶었으나 다시 조조가 뒤를 이어……."

"지금 조조를 제거할 수 있을 만한 인물은 원로대신*인 동승밖에 없을 듯합니다. 동승을 불러 친히 밀칙*을 내리시면 반드시 그 명을 받들 것입니다."

원로대신 옛날에 덕이 높고 나이가 많은 벼슬아치를 가리키던 말. | **밀칙** 임금이 비밀리에 내리던 명령.

황후의 말에 황제는 이튿날 동승을 은밀하게 불렀다.

"몸은 건강하신지 모르겠소."

황제가 동승의 건강을 염려했다.

"폐하의 성은을 입어 이처럼 아무 일 없이 노년을 보내고 있습니다."

"그거 참으로 기쁜 일이오. 지난날 장안의 대란으로 짐이 역경에 처했을 때 그대가 세운 공을 한시도 잊은 적이 없소. 앞으로도 짐의 곁에서 힘써 주기 바라오."

황제는 그렇게 말하며 웃옷을 벗더니 옥대*까지 더해 동승에게 건넸다. 너무도 커다란 은혜에 동승은 한동안 아무 말도 하지 못했다. 그리고 잠시 뒤 황제에게 받은 어의*와 옥대를 가지고 궁에서 나왔다.

곧바로 조조의 귀에 황제가 동승에게 어의와 옥대를 하사했다는 이야기가 들렸다. 조조는 바늘처럼 가느다란 눈을 반짝이며 입술을 깨물었다. 그러고는 서둘러 궁궐로 향했다.

조조가 남원의 중문을 지날 때 마침 동승과 마주쳤다.

"황제 폐하를 뵙고 벌써 돌아가시는 게요?"

조조가 말을 걸며 다가오자 동승도 어쩔 수 없이 인사를 했다.

"승상 아니십니까. 언제나 건강하신 듯하여 참으로 보기 좋습니다."

옥대 옥으로 장식한 띠로, 옛날 임금이나 벼슬아치의 옷 위에 둘렀음. | 어의 임금의 옷.

조조가 입가에 쓴웃음을 짓더니 의심스럽다는 듯한 눈빛으로 물었다.

"그런데 오늘 무슨 일로 황제 폐하를 뵈러 오셨소?"

동승이 머뭇머뭇 대답했다.

"그게 사실은…… 황제께서 부르시어 뵈었더니 뜻밖에도 어의와 옥대를 하사하셨습니다."

"오호, 황제께서 어의와 옥대를 내리셨다고요? 그것참 명예로운 일이오. 그런데 무슨 공이 있어서 그와 같은 은혜를 입게 된 것이오?"

"지난날 장안에서 나와 도읍을 옮길 때 부족하나마 제가 역적들을 막은 공로를 이제야 떠올리시고……."

"그때의 상을 지금에서야 내렸단 말이오? 그나저나 그 어의와 옥대를 잠시 보여 줄 수 있소?"

조조가 손을 내밀어 재촉했다. 그리고 동승의 얼굴빛을 가만히 바라보았다. 동승은 발끝에서부터 머리끝까지 떨고 있었다. 혹시나 어의나 옥대 속에 비밀문서라도 숨겨 있을까 봐 걱정이 되었던 것이다. 조조가 날카로운 눈빛으로 쏘아보자 동승의 등줄기에서 식은땀이 흘러내렸다.

"좀 보여 주시오."

조조의 재촉에 동승은 어쩔 수 없이 어의와 옥대를 조조에게 건넸다. 조조는 어의를 펼쳐 햇빛에 비춰 보았다. 그리고 어의를 몸에 걸친 다음 옥대를 두르더니 좌우의 신하들을 둘러보며 물었다.

"어떤가? 어울리는가?"

조조가 혼자 신이 나서 웃으며 말했다.

"이걸 내게 주시오. 대신 다른 것으로 답례하겠소."

"다른 물건이라면 몰라도 그것만은 안 됩니다. 황제께서 내리신 물건을 어찌 드릴 수 있겠습니까?"

동승이 난처해했다.

"이 안에 황제 폐하의 비밀문서라도 감춰져 있을지 모르지 않소?"

조조가 입가에 웃음을 띠며 말했다.

"그런 의심이 드신다면 하는 수 없습니다. 어의와 옥대를 모두 드리도록 하겠습니다."

동승의 말에 조조가 급히 말을 바꾸었다.

"농담이오. 내 어찌 남의 것을 함부로 빼앗을 수 있겠소? 잠시 장난을 쳐 본 것뿐이오."

조조는 어의와 옥대를 돌려준 뒤 궁궐로 들어갔다. 동승도 호랑이 굴에서 벗어난 듯 집을 향해 서둘러 갔다.

동승은 집에 돌아오자마자 방으로 들어가 어의와 옥대를 꼼꼼하게 살펴보았다.

"정말 아무것도 없는데? 내가 쓸데없는 생각을 한 모양이로구나."

동승은 어의와 옥대를 잘 정리하여 탁자 위에 올려놓기는 했으나 쉽게 잠이 오지 않았다.

마침 문틈으로 새어 들어온 바람에 등불의 심지 끝 불똥이 튀어 옥대 위에 떨어졌다. 불똥이 떨어진 자리에서 연기가 피어 올랐다.

"이를 어찌하면 좋단 말인가."

동승이 황급히 불을 껐으나 이미 옥대에는 엄지손가락만 한 구멍이 뚫리고 말았다. 그런데 구멍 사이로 하얀 비단으로 된 심이 얼핏 보였다. 조심스럽게 꺼내 보니 하얀 비단에 피로 쓴 비밀문서가 나왔다.

조조가 권력을 잡은 뒤 나라의 기강이 무너지고, 상과 벌이 모두 짐의 뜻과 상관없이 이루어지고 있소. 앞으로 나라가 얼마나 더 위태로워질지 걱정이오. 나라의 원로이자 짐의 충신인 경께서 조조를 물리쳐 주시오. 내 손가락을 깨물어 이 글을 써서 보내오. 제발 짐의 뜻을 저버리지 말아 주시오.

황제가 피로 쓴 편지였다. 동승의 눈에서 눈물이 쉴 새 없이 흘러내렸다.

'이 늙은이를 이렇게까지 의지하시는데 어찌 물러설 수 있겠는가.'

동승은 마음을 굳게 먹고 충성을 맹세했다.

며칠이 지난 어느 날이었다. 동승의 둘도 없는 친구인 왕자복이 찾아왔다.

"이런…… 졸고 계시는구먼."

왕자복이 방 안으로 들어서며 말했다.

"아, 자네 왔는가?"

동승은 서둘러 자신의 소맷자락 속으로 비밀문서를 집어넣었다.

그 모습을 보며 왕자복이 물었다.

"지금 그것은 무엇이오?"

"아니, 아무것도 아닐세."

"숨기셔도 소용없소. 얼굴빛에 다 나타나 있소이다."

동승이 망설이다 입을 열었다.

"나도 아직 좋은 생각이 떠오르지 않아 지난 며칠 동안 생각만 하고 있었다네. 만일 자네가 이번 일에 힘을 보태 준다면 그야말로 나라를 위해 참으로 다행스러운 일이 될 걸세."

"음, 부족하나마 나도 힘을 보태 의를 밝히겠소."

"참으로 고맙네. 이제 와서 무엇을 숨기겠는가. 모두 말하도록 하겠네."

동승은 왕자복에게 황제가 피로 눌러 쓴 비밀문서를 내보인 뒤 울음 섞인 목소리로 자신의 뜻을 밝혔다. 왕자복도 뜨거운 눈물을 흘렸다.

"기꺼이 의를 위해 힘쓰겠소. 맹세코 조조를 몰아내 황제의 마음이 편안해 지도록 합시다."

이에 두 사람은 비단 하나를 꺼내 맹세의 글을 쓰고 피로 서명을 했다.

"이렇게 우리 두 사람이 의로 맹세를 맺기는 했으나 뜻을 이루려면 동지가 더 필요하오."

"오자란 장군을 만나 이야기하면 틀림없이 힘을 보탤 것이오."

"그것참 마음이 든든하구려. 대신 중에는 충집과 오석 두 사람이 있소. 모두 한 황실의 충성스러운 신하요. 그들에게 우리의 뜻을 밝혀 보기로 합시다."

다음 날 두 사람은 오석과 충집을 만났다. 안부를 주고받는 사이 뜻밖에도 오석이 먼저 말을 꺼냈다.

"얼마 전 사냥이 있던 날 참석하셨지요? 그날 별다른 느낌이 없으셨습니까?"

동승이 딴전을 부리듯 조심스럽게 대답했다.

"오랜만에 산야로 나가 답답한 마음을 떨칠 수 있었습니다."

그러자 오석과 충집이 따지듯 다시 물었다.

"그것뿐이란 말씀입니까? 저희는 아직도 분함을 잊을 수가 없습니다. 허전에서의 사냥은 한 황실의 치욕입니다."

"목소리를 좀 낮추시기 바랍니다. 조조는 천하의 영웅입니다. 벽에 귀가 있다는 말도 있지 않습니까? 혹시 그와 같은 말이 새어 나가기라도 하는 날엔……."

"어찌 그리 조조를 두려워하십니까? 그가 영웅임에는 틀림없으나 천하에는 이롭지 못한 인간입니다. 저희에게 마음을 털어놓아 주십시오."

"공들의 마음 잘 알았소이다."

네 사람은 밀실로 자리를 옮겨 황제의 비밀문서를 펼쳐 놓고 이야기를 이어 갔다. 그리고 충집과 오석 두 사람도 맹세의 글에 피로 이름을 적어 넣었다. 그 뒤로 오자란과 서량 태수 마등까지 거사에 가담했다. 동지는 이제 여섯 명이 되었다.

"마음이 통하는 자 열 명만 모이면 이번 일은 분명 성공할 수 있을 것이오. 또 뜻을 같이할 사람이 없겠소?"

동승의 말에 마등이 낮은 목소리로 말했다.

"있습니다. 한 황실의 종족 중에 이런 사람이 있다니 참으로 하늘의 도움이라 하지 않을 수 없습니다. 바로 유비, 유 황숙이 있지 않소. 유 황숙이 힘을 보탠다면 열 사람이 힘을 보태는 것보다 나을 것이오."

마등의 말에 동승을 비롯한 동지들이 크게 기뻐하며 모두 고개를 끄덕였다.

동승은 사람들의 눈을 피해 밤에 유비를 찾아갔다.

"이처럼 늦은 시간에 무슨 일로 오셨습니까?"

난데없는 동승의 방문에 유비가 물었다. 동승이 기다렸다는 듯 낮은 목소리로 대답했다.

"지난번 사냥할 때 유 황숙의 아우분인 관우 장군을 보면서 많이 부끄러웠습니다. 관우 장군과 같은 분이 몇 명만 더 있어도 좋을 텐데……."

동승은 말을 맺지 못하고 눈물을 훔쳤다.

"나라에 조 승상과 장군과 같은 신하가 계셔서 세상이 태평*을 누리고 있지 않습니까? 무엇을 그리 근심하시는지요?"

"유 황숙, 귀공은 황제의 숙부, 저는 황제의 충신인데 어찌 우리

태평 아무 걱정 없이 평안함.

사이에 거짓이 있을 수 있겠습니까? 먼저 이것을 한번 보시기 바랍니다."

동승이 자세를 바로 하고 비밀문서를 내밀었다. 유비는 비밀문서를 한참 바라보더니 눈물을 흘렸다.

"유 황숙께서도 이 비밀문서의 내용을 받들어 세상을 위해 힘을 보태 주시겠습니까?"

"어찌 마다하겠습니까."

"참으로 고마우신 말씀입니다. 저를 비롯해 왕자복, 충집, 의랑, 오자란, 마등이 힘을 합하기로 했습니다. 세상은 아직 망하지 않았습니다. 어지러운 세상 속에도 이처럼 바른 사람들이 있는 법입니다."

"네, 맞습니다. 그렇기 때문에 아무리 세상이 어지럽고 썩었다 할지라도 이 세상을 버려서는 안 되는 것입니다."

유비와 동승의 이야기를 듣고 있던 관우와 장비도 서로 부둥켜안으며 기쁨의 눈물을 흘렸다.

"결코 함부로 움직여서는 안 됩니다. 때가 무르익기 전에 경솔하게 행동하지 않도록 서로 주의해야 합니다."

유비는 동승 앞에서 다시 한 번 다짐을 했다.

"그럼 다음에 다시 말씀 나누기로 하겠습니다."

동승은 말을 타고 아침 안개 속으로 조용히 사라졌다.

유비는 일반 백성처럼 농사일에 빠져 지냈다. 그러자 장비가 투덜대며 말했다.

"요즘 큰 형님은 밭에 가서 농민들 흉내만 내고 있지 않소. 당신 손으로 직접 물을 길어 나르기도 하고 거름을 주기도 하고요. 괭이질을 하기도 하고 당근을 캐내기도 합니다. 그렇게 한가로이 농사를 지으면 어쩌자는 게요? 그렇게 농사를 짓고 싶으면 누상촌으로 내려가면 될 일 아니오."

유비가 미소를 머금은 채 말없이 듣고 있다가 입을 열었다.

"네 말이 옳다. 그러나 곧 알게 될 날이 올 게다. 다 생각이 있어서 하는 일이니 걱정할 것 없다."

유비가 그렇게 말하자 장비는 더는 따지고 들 수 없었다. 조조를 치기 위한 계략일지도 모른다. 가만히 생각해 보니 동승과 밀담*을 나눈 뒤 유비의 생활이 바뀌기 시작했다.

그로부터 며칠 뒤 관우와 장비가 외출한 사이 조조가 유비를 불렀다.

"유 황숙, 오랜만이오."

"지난 몇 달 동안 문안도 드리지 못했습니다. 별일 없으셨는지요?"

유비가 평소와 다름없이 인사를 건넸다.

"덕분에 잘 지냈소. 그런데 귀공은 얼굴이 많이 탔구려. 듣자하니 요즘에는 밭에 나가 농사에 힘쓰고 있다던데 농사를 짓는 일이 그렇게 즐거우시오?"

밀담 비밀 이야기.

"승상의 다스림이 온 천하에 두루 미쳐 세상이 평화롭습니다. 이에 저는 한가로움을 달래려고 밭을 갈고 있는데 몸에도 좋고 저녁도 맛있게 먹을 수 있어서 좋습니다."

"그것참 다행이구려. 오늘 이렇게 매화나무에 매실이 익은 것을 보니 문득 작년에 장수를 치러 갔을 때 생각이 났지 뭐요. 갈증에 시달리는 병사들에게 이 산만 넘으면 매실이 익은 매화 숲이 있으니 거기까지 서둘러 가자고 거짓으로 말했소. 그랬더니 병사들의 입에 침이 고여 갈증을 잊고 여름날 행군을 끝까지 버틴 적이 있었소. 매화나무 사이를 거닐며 술이라도 한잔 나눌까 싶어 귀공을 부른 것이오."

조조가 앞장서서 널따란 매화나무 정원을 걸었다. 그때 거친 바람이 불었다. 푸른 매실이 후드득 떨어지더니 비구름이 몰려들기 시작했다.

"용이다, 용이야!"

하인들이 비구름을 보고 외쳤다. 비구름이 마치 용처럼 꿈틀거렸다. 아니나 다를까 굵은 빗줄기가 한바탕 쏟아졌다. 조조와 유비는 나무 밑에서 빗줄기가 지나기를 기다렸다.

"귀공은 실제로 용이 있다고 생각하시오? 나는 사람을 용이라 생각하오. 귀공도 그 용 중에 하나가 아니오?"

조조가 넌지시 물었다.

"저는 하늘을 나는 신기한 능력도 없고 매와 같은 발톱도 없습니다. 그리고 나타났다가 숨는 재주도 없는데 어찌 용이라 할 수 있겠습니까. 혹시 용이라고 한다면 머리에 흙을 뒤집어쓴 지렁이일 것입니다."

유비가 조용히 말했다.

"어찌 그리 겸손한 말씀을 하시오. 그렇다면 귀공은 누구를 용이라 생각하시오?"

조조가 다시 물었다.

"글쎄요, 저처럼 변변치 못한 사람한테는 어려운 질문입니다. 특별히 생각나는 사람이 없습니다."

"영웅이라 부를 만한 사람이 떠오르지 않는다면 세상 사람들이 하는 얘기라도 상관없소."

조조는 평소 성격답게 끈질기게 물었다.

"들리는 말에 의하면 회남의 원술을 영웅이라 할 수 있을 듯합니다. 병사를 잘 길러 내고 군량도 충분하며 세상 사람들도 입을 모아 칭송한다고 합니다."

그 말을 듣고 조조가 빙그레 웃으며 말했다.

"원술 말이오? 그는 이미 살아 있는 영웅이라고 할 수 없을 게요. 무덤 속의 백골*이오. 조만간에 이 조조가 반드시 사로잡을 것이오."

조조가 주먹을 쥐어 보였다.

"다음으로는 하북의 원소를 들 수 있습니다. 그의 집안에서는 많은 관리가 나왔습니다. 또한 그를 따르는 장군의 수가 헤아리기 어렵다고 하니 그를 시대의 영웅이라 보아도 되지 않겠습니까?"

백골 시신이 썩고 남은 뼈.

조조는 이번에도 웃으며 대답했다.

"하하하, 원소는 대담하지 못하고 우유부단하여 옴벌레*와 같은 인물이오. 중요한 순간에는 몸을 사리고 작은 이익에 목숨을 거는 성격이라 할 수 있소. 그런 사람이 어찌 시대의 영웅이 될 수 있겠소?"

조조는 누구의 이름을 들어도 단칼에 부정할 뿐이었다.

나무 밑에 서 있었지만 비가 쉽게 그칠 것 같지 않았다. 조조와 유비는 비를 피해 정자 위에 올라앉았다. 두 사람 앞에는 아름다운 옥으로 만든 술잔과 화려하게 구운 술병이 놓여 있었다. 안주는 푸른빛이 나는 매실이었다.

"아아, 취하는구나. 매실과 함께 마시면 술기운이 이렇게 빨리 돈단 말인가?"

"저도 꽤 많이 마셨습니다. 요즘 들어 이처럼 기분 좋게 술을 마신 적이 없었습니다."

"푸른 매실에 술을 데워 영웅을 논한다. 아까부터 시의 첫 구절만 떠오를 뿐 그 뒤가 이어지질 않소. 그대가 한번 이어서 지어 보겠소?"

"제게는 가당치도 않은 일입니다."

"참 재미없는 사람이군. 그럼 술이나 더 마시기로 하지요."

"술도 충분히 마셨으니 오늘은 이만 물러갈까 합니다."

"아직 안 되오! 아직 영웅론이 끝나지 않았소. 원술과 원소 외에

옴벌레 기생충으로, 암컷은 사람 피부 안에 알을 낳는데 부화한 새끼들은 사람 몸에 살면서 피부병을 일으킨다.

또 누가 당대의 영웅이라는 소리를 듣고 있는지 말해 주시오."

조조가 자신의 술잔을 내밀며 말했다. 유비는 어쩔 수 없이 술잔을 받으며 대답했다.

"그렇다면…… 다음으로는 형주의 유표일 것입니다. 아홉 개 주를 다스리고 있으며 정치력이 뛰어나다고 들었습니다."

"누가 뭐래도 유표의 단점은 술과 여자에 빠지기 쉽다는 점이오. 여포와 비슷한 점이 있소. 그런데 어찌 시대의 영웅이라 할 수 있겠소."

"그렇다면 오의 손책은 어떻습니까? 아직 어린 나이임에도 백성들로부터 소패 왕이라 불리며 신임을 얻고 있는 듯합니다."

"음, 손책 말이오? 말할 가치도 없소. 한때 얼렁뚱땅 공을 세웠다고는 하나 아버지의 이름을 물려받은 애송이에 불과하오."

"그렇다면 익주의 유장은 어떻습니까?"

"그런 자는 문을 지키는 개에 지나지 않소."

"그렇다면 장수, 장로, 한수와 같은 인물들은 어떻습니까? 그들도 역시 영웅이라 할 수 없습니까?"

"아하하하하, 그런 사람들도 있었소?"

조조가 손뼉을 치며 비웃었다.

"참으로 딱하구려. 무릇 영웅이란 큰 뜻을 품고 앞으로 나아가는 데 두려움이 없어야 하오. 그리고 시대에 뒤처지지 않고 우주의 기운과 천지의 이치를 알아야 하오."

"요즘 세상에 그런 자질을 모두 갖춘 인물이 정말 있습니까? 저는 알지 못합니다만."

"아니, 있소!"

조조가 갑자기 손가락을 들어 유비의 얼굴을 가리킨 뒤 그 손가락을 다시 되돌려 이번에는 자신의 얼굴을 가리켰다.

"지금 천하에 영웅이라 할 수 있는 사람은 우리 두 명밖에 없소."

그 말이 채 끝나기도 전이었다. 시퍼런 번개가 두 사람의 무릎에서 번뜩였다. 그러더니 폭포 같은 빗줄기와 함께 천둥이 울리며 근처에 있는 나무 위로 벼락이 떨어졌다.

"앗!"

유비는 손에 들고 있던 숟가락을 내던지고 두 귀를 막으며 자리에 엎드려 버렸다. 지나치게 겁을 먹은 유비의 모습에 곁에 있던 하녀들이 깔깔깔 웃음을 터뜨렸다. 조조는 한동안 얼굴도 들지 않고 벌벌 떨고 있는 유비를 내려다보았다.

"아아, 정말 놀랐습니다. 어렸을 때부터 천둥이 울리면 저는 숨을 곳부터 찾았습니다."

술기운이 싹 가신 듯한 얼굴로 유비가 말했다.

"흠……."

조조는 유비의 속마음을 눈치 채지 못하고 생각에 잠겼다. 유비를 너무 크게 봤다는 생각이 조조의 머릿속에 가득했다.

조조의 그물에서 벗어난 유비

며칠 뒤 유비가 관우와 장비에게 말했다.

"지난번 초대에 대한 답례로 승상부로 들어갈 생각이니 수레를 준비하여라."

"조조의 뱃속에는 무엇이 들어 있는지 알 수 없습니다. 형님이 먼저 찾아가시는 것은 현명하지 못합니다."

관우의 말에 유비는 고개를 끄덕이고는 미소를 지으며 입을 열었다.

"바로 그렇기 때문에 농사를 지으며 거름통을 지기도 한 것이다. 그리고 천둥소리에 귀를 막기도 한 것이다. 수시로 찾아가 어수룩한 척하며 그의 비웃음을 사는 편이 더 나을 것이다."

관우와 장비는 그제야 유비의 뜻을 알아챘다.

유비는 관우와 장비를 이끌고 승상부로 향했다. 조조는 유비를 보자 기분이 좋아져 온갖 음식과 술을 내오라 지시했다.

"유 황숙, 오늘은 날이 좋아 천둥 번개가 칠 일도 없을 테니 우리

천천히 즐기기로 합시다."

그때 신하 하나가 와서 조조에게 알렸다.

"북평의 공손찬이 원소의 손에 목숨을 잃고 말았습니다."

그 말을 듣고 놀란 사람은 옆에 있던 유비였다.

"뭐, 공손찬이 목숨을 잃었다고요? 어찌 하루아침에 그렇게 되었답니까?"

유비의 모습을 보고 조조가 이상히 여기며 물었다.

"유 황숙, 공손찬의 죽음을 어찌 그리 슬퍼하는 게요?"

"공손찬은 오래전부터 저와 친하게 지내던 벗이었습니다. 황건적의 난이 시작되었을 때 여러 가지로 보살핌을 받았습니다."

"그랬군요. 여봐라, 공손찬이 어떻게 해서 목숨을 잃게 되었는지 자세히 말해 보아라."

"원소 휘하에 귀신같은 재주를 지닌 군사들이 밤낮으로 땅을 파서 갱도를 만들어 성안으로 들어갔다고 합니다. 동시에 성 밖에서도 공격을 하여 단번에 성 전체를 점령해 버렸다고 합니다. 안팎으로 꽉꽉 막히자 공손찬은 자기 손으로 처자를 벤 뒤 스스로 목숨을 끊었다고 합니다. 그 뒤로 원소의 영토는 더욱 넓어졌고 게다가 회남의 원술이 힘이 약해지자 형 원소에게 옥새를 넘겨주고 빌붙으러 하북으로 가고 있다고 합니다."

신하의 보고에 조조는 얼굴을 찌푸렸다. 그때 유비가 조심스럽게 말을 꺼냈다.

"승상, 한 가지 청을 드리고 싶습니다. 제게 군대를 빌려 주시면 지금 당장 달려가 원소와 원술 형제를 무찔러 오랜 벗의 원수를 갚고 싶습니다. 또한 승상을 위해서도 그들을 하루빨리 제거하는 게 마땅하다고 봅니다."

"유 황숙답지 않은 용기로군요. 알겠소. 내일 아침 함께 황제를 뵙고 유 황숙의 뜻을 전하도록 하지요."

다음 날, 조조는 황제에게 유비의 뜻을 알린 뒤 오만 명의 병사를 내주었다. 그리고 유비는 황제의 배웅을 받으며 급히 성을 나왔다. 그 소식을 들은 동승이 성문 앞까지 달려왔다.

"유 황숙께서 허창을 떠나신다고요?"

"지난날의 약속을 잊지 않았으니 안심하십시오. 비록 허창을 떠나나 제 마음은 한시도 황제 곁을 떠나지 않을 것입니다. 우리가 꾀한 일을 조조가 눈치채지 않도록 조심하시기 바랍니다."

유비는 동승을 안심시킨 뒤 다시 서주를 향해 떠났다. 그가 길을 서두르자 관우와 장비가 이상히 여기며 물었다.

"어찌 이리도 서둘러 도읍을 벗어나려 하시는 겝니까?"

"여기까지 왔으니 하는 말이네만 허창에 있는 동안 우리의 목숨은 새장 안의 새, 그물 속의 물고기와 바를 바 없었지. 혹시 조금이라도 조조의 마음이 바뀌면 언제 그의 손에 죽을지 모를 목숨이었다네."

유비의 말에 관우와 장비가 고개를 끄덕였다.

그즈음 각 군의 순찰을 마치고 승상부로 돌아온 곽가는 유비가 대군을 빌려 허창을 떠났다는 사실을 알게 되었다.

"어찌하여 호랑이에게 날개를 빌려 주고 또 들판에 풀어 주기까지 하신 겁니까? 승상께서는 유비를 너무 쉽게 생각하고 계신 듯합니다. 그는 일부러 어수룩한 척한 것입니다."

곽가가 조조를 향해 단호하게 말했다.

"그렇다면 그가 병력을 빌려 나를 위해 원술을 치겠다는 말은 거짓이었단 말이냐?"

조조가 발을 구르며 후회했다. 그러자 곁에 있던 허저가 큰소리를 쳤다.

"승상, 무얼 그리 분해하십니까? 제가 한달음에 달려가 그놈을 사로잡아 오겠습니다."

"허저, 기특하구나. 어서 가라!"

허저는 병사들을 이끌고 재빠르게 유비의 뒤를 쫓았다.

"승상의 명령입니다. 병사들을 제게 넘기시고 속히 허창으로 돌아가시기 바랍니다."

유비를 쫓아간 허저가 말했다.

"참으로 뜻밖의 말씀이로군. 황제께 허락을 받고 승상의 명령을 받아 당당하게 도읍에서 나온 몸이오. 그런데 이제 와서 병사를 되돌리라고 하다니. 아하, 알겠소. 당신도 곽가나 정욱의 무리와 같은 비렁뱅이*였구려."

"뭣이, 비렁뱅이라고!"

비렁뱅이 거지를 낮추어 부르는 말.

"그렇소! 내가 떠나기 전 곽가와 정욱이 뇌물을 요구했으나 내가 단칼에 거절했소. 그에 대한 화풀이로 승상께 거짓을 말해 나를 뒤쫓게 한 것이오. 비렁뱅이의 혀끝에 놀아나 이렇게 오시다니."

유비가 껄껄껄 웃으며 말했다. 그러자 허저도 아무 말 못하고 뒤돌아설 수밖에 없었다.

허저는 유비에게 들은 이야기를 조조에게 보고했다. 화가 난 조조는 바로 곽가를 불러 뇌물에 관해 엄히 따져 물었다. 곽가가 노여운 빛을 띠며 대답했다.

"어찌 이러십니까? 제가 말씀드린 지 얼마나 됐다고 또 유비에게 속아 저까지 의심하시는 겁니까?"

그 말을 들은 조조가 이내 깨닫고 웃으며 곽가의 마음을 달래 주었다.

회남의 원술은 홍수 피해로 굶주리는 백성을 버리고 하북으로 향하는 중이었다. 후궁을 태운 가마와 금은보화를 실은 수레의 행렬만 해도 끝이 없었다. 그 기다란 행렬은 개미처럼 끈질기게 들판을 지나고 산을 넘고 강을 건너 북으로 나아갔다.

원술의 행렬이 서주를 지날 때쯤 유비의 군대는 이미 서주에 도착해 있었다.

"네놈을 기다린 지 오래다."

장비가 장팔사모를 휘두르며 원술을 향해 나갔다. 원술은 미처 피하지 못하고 팔에 큰 상처를 입고 말았다. 원술의 병사들이 달려와 장비를 막아설 때 원술은 피를 흘리며 뒤도 돌아보지 않고 달아났다. 그 뒤로 원술의 군대는 순식간에 무너져 버렸다.

원술은 보리 껍데기로 끼니를 때우며 삼 일 밤낮을 도망쳤다. 그러다 농가의 부엌까지 기어 들어갔다.

"농부, 내게 물을 가져오너라."

원술의 말에 농부가 웃으며 대답했다.

"뭐, 물을 달라고? 핏물은 있어도 너한테 줄 물은 없다. 말 오줌이나 마셔라."

농부가 원술을 비웃었다.

"아아! 내게는 이제 백성이 단 한 명도 남지 않았구나."

이윽고 원술은 목 놓아 우는가 싶더니 입에서 피를 토하며 쓰러져 숨을 거두었다.

농부가 원술의 몸에서 옥새를 발견했다. 농부는 그 옥새를 곧바로 조조에게 보냈다.

한편 유비는 원술의 군대를 물리친 뒤 조조의 부하만 돌려보내고 조조에게 빌린 병사는 서주에 머물게 했다.

"내 허락도 없이 내 병사들을 돌려보내지 않았겠다?"

화가 난 조조는 서주의 임시 태수인 차주에게 유비를 제거하라고 명을 내렸다.

차주는 조조의 명을 받고 진등을 찾아갔다.

"조 승상으로부터 유비를 살해하라는 명을 받았네. 만에 하나 실수라도 하면 큰일이 벌어질 텐데 자네에게 좋은 방법이 없겠나?"

진등은 내심 놀랐으나 짐짓 별일 아니라는 표정으로 대답했다.

"지금 유비를 죽이는 것은 주머니 속의 물건을 집는 것처럼 간단한 일이 아닙니까? 성문 안에 복병을 숨겨 두고 그를 불러 성문을 지나게 한 다음 사방에서 창과 검으로 찌르도록 하십시오. 저는 망루 위에서 유비의 뒤를 따르는 부하들에게 화살을 퍼붓도록 하겠습니다."

차주가 기뻐하며 일을 서둘렀다. 그는 바로 병사들을 배치한 뒤 사람을 보내 달구경을 하자며 유비를 초대했다. 진등은 집으로 돌아와 아버지에게 그 사실을 밝혔다.

"유비는 마음이 어진 사람이 아니더냐. 우리 부자가 비록 조조에게서 녹*을 받고 있기는 하나 그런 유비를 죽일 수는 없는 일이다."

"저도 차주에게 한 말이 본심은 아니었습니다."

"그렇다면 유비에게 그 사실을 알려 주어라."

진등은 유비의 동생들인 관우와 장비를 불러 차주의 계획을 들려주었다.

"조금 전에 뻔뻔스럽게 예를 갖추고 찾아와 달구경에 초대한다는 말을 전하고 간 놈이 그놈이요? 내가 당장 큰 형님에게 말해 그놈의 목을 베리라."

진등의 말을 듣자마자 장비가 이를 갈았다.

"이런 일은 큰 형님에게 말씀드릴 필요도 없는 조그만 일에 지나

녹 옛날에 1년 또는 계절마다 벼슬아치에게 봉급으로 나눠주던 쌀, 베, 명주, 돈 등을 가리킨다.

지 않는다. 우리 둘이서 조용히 처리하기로 하자."

관우의 말에 장비는 찬성했다. 그리고 관우와 장비는 안개가 깔린 깊은 밤에 차주를 찾아갔다.

"자네가 차주인가?"

관우가 다가가자 차주가 이상한 낌새를 채고 재빨리 달아났다. 관우가 차주의 뒤를 쫓았다.

"이 벼룩 같은 놈, 어디로 튀려는 것이냐."

차주는 관우가 휘두른 칼에 맞아 목이 땅에 떨어지고 말았다.

어느덧 날이 밝았다. 어젯밤에 있었던 이야기가 유비의 귀에도 들어갔다.

"큰일을 저질렀구나. 차주는 조조가 믿는 신하이자 서주의 임시 태수가 아니냐. 그를 죽였으니 조조의 분노가 더욱 커질 것은 뻔한 일이다."

유비가 관우와 장비를 꾸짖었지만 되돌릴 수 없는 일이 되어 버렸다. 그 일을 계기로 유비는 조조와 완전히 등을 돌리게 되었다.

"조조의 성격으로 봐서 틀림없이 스스로 대군을 이끌고 와 성을 공격할 것이다. 나는 대체 무엇으로 그를 막으면 좋단 말이냐."

유비가 솔직하게 근심을 털어놓았다. 그러자 진등이 유비에게 말했다.

"조조가 가장 두려워하는 자가 바로 하북의 원소입니다. 원소의 힘만 얻을 수 있다면 조조를 두려워할 필요가 없습니다."

"자네의 말이 옳기는 하나 내가 동생인 원술을 없앴는데 원소가 나를 도울 리가 있겠소?"

"이 서주 산속에 덕망 높은 정현 선비가 살고 계십니다. 그분을 찾아뵙고 원소에게 보낼 편지를 한 통 써 달라고 하면 도와주실 겁니다."

결국 유비는 진등의 안내를 받아 정현의 집을 찾아갔다. 정현은 무릎을 꿇고 간곡히 청하는 유비를 보고 마음이 움직였다.

"전혀 뜻밖의 일이기는 하나 자네와 같은 인재를 위해 세상일에 관여하는 것도 한가로운 노후를 보내는 늙은이에게는 즐거운 일이라 할 수 있지."

정현은 바로 붓을 들어 하북의 원소에게 보내는 편지를 한 통 써 주었다.

> 모쪼록 사사로운 원한 따위는 버리고 유비를 도와주기 바라네. 이번에 유비를 얻는 것은 자네 가문의 커다란 경사이기도 하다는 생각에서 붓을 든 것일세.

유비는 정현이 써 준 편지를 부하인 손건에게 주어 하북으로 보냈다. 하북에 도착한 손건이 원소에게 유비의 뜻을 전했다.

"참으로 뻔뻔스럽군. 유비는 내 동생을 살해한 자가 아닌가? 조만간 동생의 원수를 갚겠다고 생각한 적은 있으나 그를 돕겠다고 생각한 적은 단 한 번도 없다."

원소의 말에 손건이 정현의 편지를 내보였다. 그 편지를 읽은 원소는 마음이 크게 움직였다. 사실 원소는 조조를 칠 기회를 늘 엿보고 있었다. 그렇다 보니 복수보다는 유비를 돕는 편이 장래를 위해 훨씬 더 득이 될 것이라고 생각을 바꾸게 되었다.

이튿날 원소는 각 장군들에게 조조 정벌을 지시했다.

"허창으로!"

조조에게 대항할 십만 대군이 꾸려졌고 심배와 봉기가 총대장으로 나섰다.

그 무렵 북해 태수 공융은 장군에 임명되어 허창에 머물고 있었다. 그는 하북에서 대군이 몰려온다는 소식을 듣고 바로 승상부로 달려가 조조에게 알렸다.

"원소와는 결코 가볍게 싸워서는 안 됩니다. 그의 요구를 조금 들어 주는 한이 있더라도 이번에는 그와 화해하시고 뒷날을 꾀하는 것이 최선책이라 여겨집니다."

하지만 조조는 공융의 의견을 받아들이지 않았다.

"나는 싸울 것이오. 대군을 모아 속히 싸울 준비를 하시오!"

그날 밤 허창이 온통 새빨갛게 물들었다. 좌우로 늘어선 관군이 이십만 명이었다. 말은 울부짖고 철갑이 쩌렁쩌렁 울렸다.

"너희는 서주로 가서 유비의 군대와 맞서라. 나는 원소를 칠 것이다."

조조는 부하인 왕충에게 병사 오만 명을 주며 명을 내린 뒤 승상 기를 건네며 계책을 들려주었다.

"이 깃발을 중군에 꽂아 내가 직접 서주로 가는 것처럼 꾸미도록 해라."

왕충은 씩씩하게 대답하고 서주로 떠났다. 그러자 정욱이 조조에게 말했다.

"승상, 왕충은 유비를 상대하기에 부족합니다."

그러자 조조가 말할 필요도 없다는 듯 큰 소리로 웃으며 정욱에게 대답했다.

"나도 잘 알고 있네. 바로 그렇기 때문에 승상기를 준 것일세. 유비는 내 실력을 아주 잘 알고 있어. 내가 직접 군대를 이끌고 있다고 생각하면 결코 쉽게 나와서 맞서지 못할 게야. 그사이에 나는 원소의 병사를 짓밟고 서주로 갈 걸세. 그런 뒤 유비의 멱살을 쥔 채 개선가를 부르며 허창으로 돌아올 생각이라네."

"참으로 묘책입니다."

정욱은 두말하지 않고 조조의 뜻에 따르기로 했다.

조조는 대군을 이끌고 원소의 군대가 있는 여양까지 나아갔다. 하지만 원소의 군대는 쉽게 나서지 않았다. 조조의 군대도 눈치를 보며 적극적으로 공격에 나서지 않았다. 그렇게 시간만 보내다 조조는 장패, 이전, 우금과 같은 용맹한 장수들을 남겨 두고 다시 허창으로 돌아와야 했다.

"지금 서주는 어찌 되고 있는 것이냐?"

"서주 부근에 진을 치고 지키고만 있습니다. 아직 한 번도 공격하지 않았다고 합니다."

그 말을 들은 조조가 어처구니없다는 듯 말했다.

"멍청하기 짝이 없구나. 내가 직접 군대를 이끌고 온 것처럼 보이라 했거늘. 그러고 있으면 적이 오히려 의심을 하지 않겠느냐. 속히 서주를 공격하라."

조조의 명령에 따라 왕충은 병사들을 이끌고 서주성으로 공격해 들어갔다. 유비도 관우를 내보내 싸우게 했다.

"너는 왕충이 아니냐? 조조는 어디 가고 너 따위가 덤비는 것이냐?"

"조 승상께서 어찌 너처럼 비천한 놈과 창을 겨루시겠느냐?"

곧이어 관우가 청룡도를 비켜들고 달려 나갔다. 왕충도 창을 비켜들고 맞섰다. 관우는 적당히 싸우다 일부러 도망치기 시작하더니 왕충이 쫓아오는 것을 보고 다시 말 머리를 돌렸다. 그러고는 손을 뻗어 왕충의 갑옷을 쥐었다. 그런 뒤 왕충을 가볍게 들어 올려 옆구리에 낀 채 말을 내달렸다. 관우가 유비 앞에 왕충을 꿇어앉혔다. 그러자 유비가 손수 왕충을 일으키며 말했다.

"나는 조 승상과 싸울 마음이 조금도 없소. 그러니 승상께 내 뜻을 잘 좀 전해 주시오."

유비는 왕충에게 맛있는 음식과 술을 대접했고 왕충은 유비의 진심 어린 말에 감동했다.

이튿날, 유비는 왕충을 성 밖까지 배웅했고 포로로 잡았던 병사들도 모두 넘겨주었다.

"유비는 싸울 뜻이 전혀 없구나. 게다가 보기 드물게 온정이 넘치는 사람이야."

왕충은 유비에게 감사의 인사를 거듭한 뒤 허창으로 돌아갔다. 그 뒤 관우가 유비에게 물었다.

"큰 형님, 왕충을 살려 보낸 까닭이라도 있습니까?"

"왕충을 죽여 봤자 우리에게는 아무런 득도 되지 않을 뿐 아니라 오히려 조조의 화를 더하게 된다. 그대로 살려 두면 우리에 대한 조조의 감정이 조금은 누그러질 것이다."

유비는 그렇게 말하고는 관우에게 가족을 부탁했다.

"내 가족을 전에 여포가 있던 하비성으로 데려가 주게."

유비는 끝끝내 서주성을 지키는 게 쉽지 않다고 판단했다. 그래서 잠시 서주를 떠나 소패성으로 들어가기로 결정했다.

어지러운 세상을 근심하다

허창으로 돌아간 왕충이 조조에게 보고를 올렸다.

"유비에게는 아무런 야심도 없으며 승상에게 복종하고 있습니다. 또한 백성들에게 신임*이 두터울 뿐 아니라 적인 저희에게까지 덕을 베풀었습니다. 그와 같은 사람을 적으로 생각하는 것은 썩 좋은 일이라 할 수 없을 듯……."

왕충의 말이 끝나기도 전에 조조가 눈썹을 곤추세웠다.

"닥쳐라! 네놈은 나의 신하냐? 유비의 신하냐? 승상기를 들고 무엇을 하러 서주까지 갔었던 것이냐! 저놈의 목을 쳐라!"

조조는 부하들에게 엄하게 명령했다. 그러자 공융이 나서 말했다.

"애초부터 왕충은 유비의 상대가 아니었습니다. 그 점은 승상께서도 잘 알고 계시지 않습니까. 그런데 죄를 물어 목숨을 빼앗으면

신임 믿고 일을 맡김. 또는 그 믿음.

승상께서는 사람들의 마음을 얻을 수 없습니다."

공융의 설득에 조조는 왕충의 목숨을 살려 주는 대신 관직을 빼앗았다.

원소의 군대를 공격하는 것도 쉽지 않자 조조는 싸움을 잠시 미루고 외교에 힘을 쓰기로 했다. 우선 형주의 유표와 양성의 장수를 자신의 편으로 만들고 싶었다. 그래서 유엽을 사자로 뽑아 양성의 장수에게 보냈다.

장수의 심복 가후가 유엽에게 장수를 찾아온 뜻을 물었다.

"어지러운 세상에 용기와 덕, 지혜까지 갖춘 분을 찾는다면 바로 조 승상이십니다. 그런 조 승상께서 장수 나리와 뜻을 함께하시길 원합니다."

"제 생각도 같습니다. 저희 주공께 조 승상의 뜻을 잘 전하리라."

그런데 바로 그때 하북의 원소도 사자를 보내 왔다. 같은 목적을 가진 두 사자가 맞닥뜨린 셈이었다.

"저희 주공께서 형주의 유표와 양성의 장수는 참된 영웅이라고 늘 말씀하셨습니다. 저의 주공은 이번에 두 영웅과 함께할 수 있길 간절히 바라고 계십니다."

원소가 보낸 사자의 말에 가후가 비웃으며 말했다.

"참으로 안된 말씀입니다만 원소에게 분명히 전하도록 하시오. 자신의 동생인 원술도 못 미더워 해 놓고 어찌 천하의 영웅을 맞아들일 수 있겠느냐고."

가후는 원소의 편지를 찢고 사자를 내쫓았다. 그러고는 장수에게 가서 진심을 다해 말했다.

"이번 계기로 못 이기는 척 조 승상을 따르는 것이 양성을 위해서도 최선인 듯합니다."

장수가 고개를 저으며 말했다.

"지난날의 전쟁을 잊었단 말이오? 만약 지금 그의 밑에 들어간다면 뒷날 반드시 보복을 당하게 될 것이오."

"그렇지 않습니다. 당장 몇 년만 생각하신다면 원소에게 붙으십시오. 하지만 먼 앞날을 생각하신다면 반드시 조조에게 항복하는 게 마땅합니다."

장수는 가후의 말을 따를 수밖에 없었다.

이튿날 장수는 양성에서 나와 조조에게 항복했다. 조조는 직접 나가 손을 잡고 장수를 맞아들였다. 하지만 형주의 유표를 설득하는 데는 실패하고 말았다. 조조가 보낸 사자는 유표의 비웃음만 샀을 뿐 제대로 말도 해 보지 못한 채 쫓겨났다.

"제가 유표와 친분이 있으니 유표를 설득하는 편지를 써 보겠습니다. 말솜씨가 뛰어난 자가 이것을 가지고 가면 틀림없이 성공할 것입니다."

장수가 조조에게 말했다. 그러자 공융이 앞으로 나와 예형을 추천했다.

"유표하고는 어릴 적부터 친분이 있고 혀끝으로 사람을 찌를 정도로 말솜씨가 뛰어납니다."

얼마 뒤 조조의 부름을 받고 예형이 들어왔다.

"아아, 사람이 없구나, 사람이 없어. 하늘과 땅 사이는 이렇게 넓은데 어찌 이리도 사람이 없단 말이냐!"

예형이 혼잣말처럼 중얼거리자 조조가 물었다.

"예형, 어찌하여서 사람이 없다고 하는 겐가? 하늘과 땅 사이를 둘러볼 필요도 없이 이곳에만 해도 재주 많은 사람이 이렇게나 많은데 말이야."

예형은 껄껄 웃더니 아무런 거리낌도 없이 말했다.

"아하하, 그렇게 많았습니까? 바라건대 어떤 재주가 있는 사람들인지, 얼마나 사람다운지, 그 재능을 자세히 들어 보고 싶습니다."

"재미있는 사람이로군. 그렇다면 오른쪽에 있는 사람들부터 순서대로 가르쳐 줄 테니 잘 보고 잘 기억해 두기 바라네. 우선 저기에 있는 순욱, 순유는 지혜가 뛰어나고, 그다음에 있는 장료, 허저, 이전, 악진은 용맹하기로 유명하고, 또 왼쪽에 있는 우금과 서황은 병마*를 쓰는 기술이 좋고, 하후돈은 우리 군에서 최고의 재주꾼일세. 어떤가, 이래도 사람이 없다고 할 텐가?"

조조의 말을 듣자마자 예형이 배를 움켜쥐고 웃었다.

"승상은 마음도 참 좋으십니다. 제가 보기에 순욱은 상갓집에나 보내면 딱 맞을 인물입니다. 순유에게는 무덤을 쓰게 하고 정욱은 문지기를 시키면 좋을 것입니다. 곽가에게는 시나 짓게 하고 장료에게는 북을 치게 하면 잘할지도 모르겠습니다. 허저에게는 우마와 돼

병마 병사와 군대에서 쓰는 말.

지를 기르게 하면 잘할 것입니다. 이전에게는 편지를 주어 심부름꾼
으로 쓰면 잘 어울릴 것입니다. 서황은 개 도살에 알맞은 자입니다.
하후돈은 애꾸눈이니 눈을 고치는 의원의 약 바구니라도 들게 하면
참으로 그럴듯할 것입니다."

그곳에서 손뼉을 치며 웃는 사람은 예형뿐이었다. 예형을 추천한
공융은 당혹감을 감추지 못했다.

"썩어 빠진 학자 놈이 잘도 나불거리는구나. 듣자듣자 하니 건방
지기 짝이 없는 험담과 욕설뿐이구나."

조조의 부하들이 화를 참지 못하고 검을 뽑았다. 그때 조조가 각
장군들 앞에 두 팔을 벌리고 서서 외쳤다.

"그만두어라! 누가 예형을 죽이라고 명령했느냐. 예형은 당장 형
주로 출발하도록 하라."

며칠 뒤 예형은 형주에 도착했다. 오랜 벗이기에 바로 만나기는
했으나 유표는 귀찮다는 표정을 지어 보였다. 예형의 혓바닥은 여기
에서도 쉬지 않았다.

"다 듣기 싫소. 황조가 있는 강하는 풍경도 좋고 황조도 그대를
만나고 싶어 하니 그곳에서 며칠 놀다 오시오."

유표는 그렇게 말하고 예형을 강하로 보내 버렸다.

"사자로 온 예형은 무례하기 짝이 없는 인간입니다. 그런 자를 어
찌 죽이지 않고 강하로 보낸 것입니까?"

신하가 이해할 수 없다는 듯 유표에게 물었다.

"저런 자를 조조가 죽이지 않고 참은 데에는 이유가 있었을 것이

오. 조조는 이 유표의 손으로 그를 죽이게 하려고 예형을 사자로 보낸 것이오. 내가 만약 예형을 죽이면 조조는 곧 천하에 대고 형주의 유표가 학식 있는 현인*을 죽였다고 좋지 않은 소문을 퍼뜨릴 것이 틀림없소."

유표가 웃으며 대답했다.

"말벗이 아무도 없구나. 허창은 구더기로 가득하고, 형주는 파리 떼로 가득하고, 강하는 개미굴 같은 곳이네."

예형은 강하에서도 변함없이 하고 싶은 말을 내뱉었다.

"그렇다면 저는 어떤가요?"

황조가 물었다.

"자네 말인가? 자네는 사당 안의 신이 아닌가?"

"사당 안의 신? 그건 어째서입니까?"

"사람들의 제사는 받으나 아무런 영험*도 없다는 말이지."

"뭣이! 다시 한 번 말해 보시오."

"아하하하. 공물*만 받아먹는 목각 인형이 화를 다 내는구나."

"이놈!"

황조는 참지 못하고 검을 뽑아들자마자 예형을 두 동강 내어 버렸다.

"이놈의 시체를 당장 치워라. 이놈은 죽어서도 입을 놀리려 한다!"

현인 어질고 총명한 사람. | **영험** 사람이 원하는 대로 이루어지는 신기한 징조를 경험함.
공물 신이나 부처에게 바치는 물건.

황조는 미친 사람처럼 고래고래 고함을 질렀다.

조조의 명령을 받아 사자로 간 사람을 형주 땅에서, 그것도 유표의 부하가 죽었다는 사실은 중대한 문제로 삼을 수 있는 일이었다.

"이대로 내버려 둘 수 없다. 그를 칠 좋은 구실이기도 하다."

조조는 대군을 일으켜 단번에 형주를 공격할 생각으로 신하들을 모아 회의를 열었다. 각 장군들이 전쟁에 대한 의지를 불태웠으나 순욱은 찬성하지 않았다.

"원소와의 전쟁도 아직 끝나지 않았을 뿐만 아니라 서주에는 유비가 있습니다. 그런데 동쪽으로 군사를 일으킨다는 것은 배 속의 병을 그냥 두고 손발의 상처를 먼저 치료하는 것과 같은 일입니다. 우선은 병의 근원인 원소부터 정벌하고 다음으로 유비를 제거한 뒤에 형주를 쳐도 늦지 않을 것입니다."

조조는 순욱의 말에 따라 형주와의 전쟁을 잠시 뒤로 미루었다.

그 무렵 허창은 날이 갈수록 군사와 경제가 번창했다. 허창의 번창은 도읍의 번창이 아닌 조조의 번창이나 다름없었다. 그러한 상황을 지켜보며 남몰래 고심하던 동승이 얼마 전부터 병에 걸려 자리에 눕고 말았다. 황제로부터 피로 쓴 비밀문서를 받은 날 이후 동승은 밤낮으로 머리를 짜내며 어떻게 조조를 없애야 할지 어떻게 왕권을 회복할 수 있을지 고민했다. 하지만 날만 헛되이 흐를 뿐 믿고 있던 유비도 도읍을 떠났으며 마등도 서량으로 돌아가 버렸다.

황제는 동승의 병이 깊다는 말을 듣고 자신의 일처럼 가슴 아파

했다. 그래서 궁궐의 의원인 길평을 동승에게 보냈다.

"걱정하실 것 없습니다. 아침저녁으로 이것을 드시면 반드시 건강을 회복하실 것입니다."

그 덕분에 동승은 식욕*이 돌고 날이 갈수록 좋아졌다. 하지만 병상에서 일어날 수 있을 만큼 회복되지는 못했다.

"오늘은 어떠십니까?"

길평이 매일같이 찾아와 동승의 맥*을 짚기도 하고 입안을 들여다보기도 했다.

"이제는 좋아지신 듯합니다."

길평의 말에 동승이 손을 내저었다.

"조금만 움직여도 숨이 차오른다네."

"하하하, 마음 탓입니다. 얼른 건강하셔야 합니다. 황제 폐하께서 걱정이 이만저만이 아니십니다."

황제 폐하라는 말을 듣자 동승의 눈에 눈물이 고이기 시작했다. 동승의 눈물은 쉴 새 없이 흘러내려 베갯잇을 적셨다. 그런 동승을 보며 길평이 고개를 갸웃거렸다. 동승이 깊은 잠에 빠졌다. 동승은 꿈을 꾸었다. 문밖에서 왕자복, 충집, 오석, 오자란 등이 몰려와 동승을 급히 불러 댔다.

"장군, 일을 성취할 때가 왔습니다. 형주의 유표와 하북의 원소가 손을 잡고 오십만 대군을 일으켰다 합니다. 또한 서량의 마등, 병

___

식욕 음식을 먹고 싶어 하는 욕망. | 맥 피가 얇은 피부 아래에 있는 동맥을 흐르면서 생기는 주기적인 파동.

주의 한수, 서주의 유비 등도 각지에서 마음을 합쳐 일제히 일어났다고 합니다. 이에 놀란 조조가 사방으로 군대를 내어 허창은 지금 빈집이나 다를 바 없는 상황입니다."

동승이 어리둥절하여 밖으로 나와 보니 병사들이 가득했다. 그것을 본 동승은 기운이 솟았다. 그는 창을 비껴들고 말에 훌쩍 뛰어올라 승상부로 달려갔다.

"역적 조조, 달아날 생각은 하지 말아라."

동승은 활활 타오르는 불길 속에서 조조의 모습을 발견했다.

"이놈, 거기에 있었느냐!"

동승이 달려들어 대검을 휘두르자 조조의 목이 커다란 불덩이가 되어 하늘을 날았다.

"으음……."

동승의 신음을 듣고 길평이 흔들어 깨웠다.

"나리, 무슨 일이십니까?"

"아아…… 꿈이었구나."

동승의 몸은 온통 땀으로 젖어 있었다. 길평이 목소리를 낮춰 동승의 손을 굳게 잡고 말했다.

"드디어 병의 뿌리를 찾았습니다. 나리의 병은 배 속에도 있지 않고 손톱 끝에도 있지 않습니다. 어지러운 세상을 깊이 근심하다 병이 나고 말았습니다. 제가 나리의 병을 고쳐 드리겠습니다."

동승은 길평에게 더는 감출 필요가 없겠다고 생각하고는 모든 비밀을 털어놓았다.

"제게 간신 조조를 하루아침에 없앨 묘책이 있습니다. 조조는 건강하기는 하나 두통으로 고생을 할 때가 많습니다. 그때 약을 쓰는 것이 다름 아닌 저입니다."

"앗! 그렇다면 독을……."

그 순간 두 사람 모두 입을 다물어 버렸다. 바람이 없는데도 방 밖에서 무엇인가 움직이는 소리가 들렸기 때문이다.

평소 동승에게 불만을 품고 있던 하인 경동이 두 사람의 이야기를 듣고 조조에게 달려간 것이다.

"승상을 살해하려는 자들이 있습니다. 제 주인 동승과 의원인 길평이 몰래 이야기를 나누기에 숨어 엿들었습니다. 그랬더니 독을 써서 승상을 반드시 살해하겠다고 약속하는 것이 아니겠습니까."

경동이 조조에게 낱낱이 고해 바쳤다.

"진상이 밝혀질 때까지 이 아이를 승상부 안에 숨겨 두도록 해라. 그리고 이번 일을 결코 입 밖에 내어서는 안 된다. 뒷날 사실이 밝혀지면 네게도 큰 상을 내리겠다."

조조가 신하를 시켜 단단히 일렀다.

이튿날 조조는 두통이 심하다며 길평을 불러들였다.

"이보게 길평, 얼른 약을 주어 이 통증을 좀 달래 주게나."

조조는 자리에 누워 견딜 수 없다는 듯 외쳤다.

"이번에도 지병인 두통 같습니다."

길평이 조조에게 약을 건넸다. 그러자 조조가 약을 받아 들더니 중얼거렸다.

"냄새가 평소와 다른 것 같은데……."

길평은 깜짝 놀랐으나 떨지 않고 온화하게 웃었다.

"승상의 지병을 뿌리 뽑기 위해 새로운 약초를 구해 넣었습니다."

"새로운 약초라……. 거짓말 말게. 독약이겠지! 우선은 네가 마셔 보도록 해라."

"……."

길평이 아무 말도 하지 못하자 조조가 소리쳤다.

"누가 시킨 짓이냐?"

"……."

이번에도 길평은 아무 말도 하지 않았다.

"여봐라, 이놈을 당장 끌고 가 온몸의 털이 모두 빠질 때까지 매운맛을 보여 주도록 해라."

길평은 날마다 고문을 당했지만 단 한 번도 입을 열지 않았다.

"방법을 바꿔야겠구나."

조조는 곧바로 잔치를 열어 궁궐 대신과 장군을 초대했다. 그중에는 왕자복, 오자란, 충집, 오석도 있었다.

한창 잔치가 무르익을 무렵 조조가 사람들 앞에 길평을 끌어다 놓았다. 그러자 잔치 분위기가 찬물을 끼얹은 것처럼 싸늘해졌다. 조조가 큰 목소리로 말했다.

"여러분도 이 가엾은 죄인을 아실 것이오. 궁궐의 의원이라는 자가 역적과 손을 잡고 음모를 꾸미다 내 손에 잡히고 말았소."

조조는 부하들을 시켜 길평을 또다시 고문했다. 살이 찢어질 듯한 채찍 소리와 뼈가 부서질 듯한 몽둥이 소리가 들렸다. 하지만 길평은 하늘을 우러러 한 점 부끄러움이 없는 얼굴로 조조를 노려보았다.

"동탁보다 더 잔인한 조조 놈아, 어째서 나를 빨리 죽이지 않는 것이냐?"

"고문이 고통스러워 얼른 죽고 싶다면 함께 일을 꾀한 놈들의 이름을 대라."

조조가 다시 길평을 고문하자 잔치에 참석했던 사람들이 하나둘 슬금슬금 자리를 떠났다. 왕자복, 오자란, 충집, 오석도 눈치를 보며 자리에서 일어났다. 그때 조조가 네 사람을 가리키며 말했다.

"그대들은 이리 가까이 와서 나와 술을 한잔 더 마시는 게 좋겠소."

네 사람은 벌벌 떨며 조조 곁으로 다가갔지만 조조를 똑바로 쳐다보지 못했다.

"그대들이 동승에게 가서 이 조조를 죽이고 싶다고 말했다던데?"

"아, 아닙니다, 뭔가 오해가 있었던 듯합니다."

왕자복이 시치미를 떼며 고개를 내젓자 조조가 그의 뺨을 후려쳤다.

"사람을 바보로 아는구나. 내가 그런 어쭙잖은 말에 속을 줄 알았느냐? 여봐라, 저들을 옥에 가둬라!"

다음 날 조조가 동승의 집을 찾았다.

"어제 잔치에는 왜 오지 않으셨소?"

"몸이 좋지 않아 참석을 못했습니다."

"하하하하. 그대의 병은 길평이 독을 쓰면 낫는 것이 아니었소?"

"농, 농담이 지나치십니다."

동승은 새파랗게 질린 얼굴로 더듬거렸다. 조조가 동승을 노려보며 소리쳤다.

"왕자복, 오자란, 오석, 충집 네 사람을 잡아다 옥에 가두었으니 발뺌을 해도 소용없다."

동승은 정신이 아득하여 그저 머리만 내저었다.

"저자를 묶어라!"

조조의 명령에 부하들이 모두 달려들어 동승을 난간에 묶었다. 그런 뒤 병사들이 동승의 집을 샅샅이 뒤져 비밀문서를 찾아냈다.

"이래도 거짓말을 할 생각이냐?"

조조의 벼락같은 고함에 동승은 할 말을 잃고 고개를 숙였다. 조조는 동승을 비롯해 왕자복, 오자란, 오석, 충집을 죽이고 그들의 가족까지 모두 처형했다.

관우와 조조의 세 가지 약속

피바람이 한바탕 도읍을 휩쓸고 지나간 뒤 조조가 순욱을 불러 앞으로 해야 할 일을 상의했다.

"아직 처리하지 못한 자들이 있네."

"서량의 마등과 서주의 유비를 말씀하시는 겁니까?"

"그렇다네. 무슨 좋은 방법이 있는가?"

"승상의 가장 큰 적은 하북의 원소입니다. 그러니 우선 서량의 마등을 속여 허창으로 불러들인 뒤 제거하고, 그다음 유비와 교류하면서 거짓 소문을 퍼뜨려 원소와의 사이를 갈라놓는 게 최선일 듯합니다."

"그러기에는 시간이 너무 오래 걸리지 않겠는가? 시간이 지나면 아무리 좋은 방법이라도 쓸모없어지네."

조조는 유비를 가장 먼저 처단하고 싶었던 터라 고개만 갸우뚱했다. 그때 곽가가 들어왔다.

"마침 잘 왔네. 자네는 어떻게 생각하는가?"

"지금은 유비를 먼저 공격하는 게 최선인 듯합니다. 유비가 서주를 다스리고 있지만 얼마 되지 않았고, 원소의 부하들은 단합하지 못하는 데다 원소 또한 우유부단해서 군대를 신속하게 움직이지 못할 것입니다."

조조는 곽가가 자신의 뜻과 맞는 이야기를 하자 결심을 굳혔다.

"병사 이십만 명을 세 갈래 길로 나눠 보내 서주를 짓밟아라!"

그 사실은 머지않아 서주에도 전해졌다.

"동승과 많은 사람이 참혹하게 죽었다는 말을 듣고 언젠가 이렇게 될 줄은 알고 있었지만……."

유비는 원소에게 도움을 청하는 편지를 써서 손건에게 건넸다.

손건은 밤낮으로 말을 달려 하북에 도착했다. 그리고는 원소의 부하 전풍의 안내로 원소를 만나러 갔다. 그런데 웬일인지 원소가 의관도 제대로 갖추지 않은 초췌한 모습으로 있었다.

"어찌 된 일이십니까?"

전풍이 놀라 묻자 원소가 힘없는 목소리로 대답했다.

"나는 자식 복이 참으로 없는 듯하오. 아들이 병에 걸려 생명이 위태로우니…… 재물은 부족하지 않아도 사람의 목숨과 자손만은 마음대로 되지 않는 모양이오."

원소는 손건이 서 있는 것도 잊은 채 그저 자식의 병만을 한탄할 뿐이었다.

"지금이 기회입니다. 조조가 대군을 이끌고 서주로 향하고 있다

고 합니다. 허창이 비어 있을 때 밀고 들어가면 승리는 불을 보듯 뻔한 일입니다. 그리하면 위로는 황제 폐하를, 아래로는 백성을 살리는 일이 될 것입니다."

원소가 귀찮다는 듯 고개를 내저었다.

"물론 옳은 말이기는 하오만 지금은 왠지 마음이 내키지 않소. 내 마음이 편하지 않으니 싸워도 이로울 것이 없을 듯하오."

"아드님의 병환은 의원에게 맡겨 두시면 될 것입니다."

"자네는 아들이 사경을 헤매고 있는데 친구가 와서 사냥을 가자면 집을 비울 수 있겠소?"

전풍은 입을 다물어 버렸다. 그런 뒤 원소가 손건을 향해 말했다.

"돌아가면 유 장군에게 잘 좀 말씀해 주시게. 혹시 조조의 대군을 막지 못해 서주를 버리게 되면 언제든 우리 기주로 오시라고……"

"여러 가지로 신세 많이 졌습니다. 다음에 다시 뵙도록 하겠습니다."

손건은 한시도 지체할 수 없는 몸이었기에 곧 말에 채찍을 휘둘러 서주로 돌아갔다.

유비는 손건의 이야기를 듣고 근심이 더 깊어졌다.

"큰 형님, 그렇게 근심만 하면 좋은 생각이 떠오르지 않습니다. 병사들의 사기도 떨어지고요. 어차피 싸워야 할 거라면 적극적으로 맞서는 것이 좋지 않겠습니까?"

"장비 네 말도 옳다. 그러나 어쩌겠느냐, 이 조그만 성에서 맞아야 할 적이 이십만 명이라 하는데."

"걱정할 거 없습니다. 조조는 성격이 급해 병사들을 쉬지도 못한 상태로 달려오게 할 것이 뻔합니다. 그런 병사들은 지쳐서 힘도 제대로 쓰지 못할 것입니다. 그러니 제가 날랜 부하들을 이끌고 가서 맞서겠습니다."

장비의 말을 듣고 있자니 유비도 저절로 기운이 났다.

"그래, 좋다. 네 마음껏 조조의 군대를 짓밟아 놓도록 해라."

장비는 곧 모든 준비를 갖추고, 앞장서 조조의 군대를 습격하기로 했다.

"조조의 군대가 지금 막 도착했다고 합니다. 오늘 밤에는 적의 병사가 녹초가 되어 잠을 잘 테니 그때를 맞춰 기습하면 될 것입니다."

장비는 자신감으로 가득 차 있었다.

드디어 밤이 깊어지자 장비가 병사들을 이끌고 조조의 진영으로 갔다. 그 뒤를 유비가 따랐다.

"어라? 적병이 하나도 보이지 않는 게 아무래도 이상한데?"

장비와 병사들이 당황해하는 사이 사방팔방에서 함성이 들리더니 적의 병사가 튀어나왔다.

"장비를 잡아라! 유비를 놓쳐서는 안 된다!"

기습을 하려던 장비와 유비의 군대는 오히려 조조의 군대에게 기습을 당하고 말았다. 장비가 말을 정신없이 몰며 막아섰지만 처음부터 이길 수 없는 싸움이었다. 장비는 어쩔 수 없이 망탕산 쪽으로 달아났다.

유비 역시 소패성을 조조에게 빼앗기고 서주를 향해 달려갔다. 유비가 말 엉덩이에 쉴 새 없이 채찍을 휘둘러 서주성에 도착하니 성 위의 깃발은 이미 조조군의 깃발로 바뀌어 있었다.

"아아, 나의 실수로구나. 지혜로운 자라 할지라도 자신의 지혜를 과신하면 도리어 자신의 꾀에 빠지고 마는 법인 것을……. 말만 앞서는 장비의 의견을 그대로 따르다니."

유비는 그리 말하며 한숨을 내쉬더니 이내 고개를 내저었다.

"대장은 나다. 장비는 나의 부하다. 대장인 내가 부족해서 생긴 일이다."

어쨌든 유비는 당장 달아날 길을 찾아야만 했다. 그때 조조에게 패하면 언제든 기주로 오라고 했던 원소의 말이 문득 떠올랐다.

"그래, 우선은 기주로 가서 원소에게 의지하기로 하자."

유비는 들쥐를 잡아먹고 풀뿌리를 씹으며 온갖 위기와 고생을 겪은 끝에 기주에 도착했다.

"부끄러운 줄도 모르고 홀로 몸을 의지하러 왔습니다."

유비가 원소에게 예를 갖춰 인사를 하자 원소가 말했다.

"지난번에는 자식의 병 때문에 심신*이 모두 지쳐 도와주지 못했소. 걱정 말고 몇 년이고 머물도록 하시오."

한편 성에 남아 있던 진등 부자는 성문을 열어 조조의 군대를 맞아들였다. 한 번의 싸움으로 소패와 서주를 점령한 조조의 기세는

심신 마음과 몸.

떠오르는 태양과도 같았다.

"전에는 나를, 후에는 유비를 섬기다 이번에 다시 문을 열어 나를 맞아들이다니! 벌할 수도 있으나 백성들의 마음을 달래는 데 힘을 쓴다면 죄를 용서해 주겠소."

"말씀 틀림없이 받들도록 하겠습니다."

진등 부자는 땅바닥에 엎드려 조조에게 머리를 조아렸다.

"이제 남은 것은 하비성이다. 진등, 지금 하비성은 어떠한 상황인가?"

"하비성은 승상께서도 잘 알고 계시는 관우가 굳게 지키고 있습니다. 승상의 군대가 허창을 떠나기 전 유비가 가족들을 하비성으로 옮기고 관우에게 맡겼습니다."

"그렇다면 원소가 쳐들어오기 전에 하비성을 재빨리 취해야겠구나."

조조의 말에 신복* 순욱이 대답했다.

"관우가 성안에 있는 한 백 번을 쳐들어가도 빼앗지 못할 것입니다. 그러니 관우를 성 밖으로 끌어내야 이길 수 있습니다."

"그럼 어찌하면 좋겠는가?"

조조가 틈을 주지 않고 되물었다.

"성을 공격하다 일부러 패한 척 달아나 적을 자만에 빠지게 하는 것입니다. 그사이에 군대를 은밀하게 되돌려 적이 후퇴하는 길을 끊

───────────

신복 신하의 다른 말.

으면 관우는 길을 잃고 홀로 외로운 싸움을 하게 될 것입니다."

순욱의 말에 조조가 무릎을 치며 말했다.

"좋은 생각이오. 나는 이번 싸움에서 하비도 취하고 관우도 내 사람으로 만들고 싶소."

"승상의 뜻이 그러시다면 제게 서주의 포로 이백 명을 내주십시오. 틀림없이 하비성을 빼앗고 관우를 설득해 데려오겠습니다."

장료가 자신 있게 말하자 조조가 흔쾌히 허락했다.

그날 밤 장료는 항복한 병사들을 설득해 하비성으로 달아나게 했다. 포로로 잡혀간 병사들이 돌아오자 관우는 의심하지 않고 받아들였다.

"성 밖에는 하후돈, 하후연의 군대밖에 없었습니다. 지금 그들과 맞서면 쉽게 승리를 거둘 수 있습니다."

돌아온 병사들의 말에 관우는 위풍당당하게 병사들을 이끌고 성 밖으로 나갔다. 그러자 하후돈이 애꾸눈을 부릅뜨고 나와 소리쳤다.

"촌놈 유비도, 무식쟁이 장비도 겁을 먹고 달아난 마당에 너 혼자 하비성에 틀어박혀 무엇을 하려는 것이냐?"

"뭣이? 움직이지 마라, 애꾸눈!"

관우 역시 참지 않고 청룡도를 휘두르며 달려 나갔다. 하지만 하후돈은 몇 번 창을 부딪치다 달아나고 또 달아났다. 그러다 다시 돌아와 욕을 하고 또 달아났다.

화가 난 관우는 병사들과 함께 하후돈의 뒤를 쫓았다. 하지만 아군 병사들은 관우의 속도를 따라갈 수 없었다. 관우는 문득 너무 깊이 들어왔다는 걸 깨달았다. 그 순간 사방에서 화살이 빗발쳤다. 결국 관우는 조조의 대군 가운데 완전히 갇혀 버리게 되었다.

벌써 해가 저물어 들판은 어두웠다. 하비성 쪽에서 맹렬한 불길이 치솟았다. 포로로 잡혀갔다 돌아온 병사들이 불을 지르고 하후돈의 군대를 맞아들인 것이다.

"적의 꾀에 넘어가고 말았구나. 이제 무슨 얼굴로 큰 형님을 뵐수 있겠는가."

관우가 고통스러워하고 있을 때 아래쪽에서 장료가 관우의 이름을 부르며 다가왔다.

"관우 장군."

"장료 장군이 아니십니까? 조조에게 이 관우의 목을 가져오라는 명을 받고 오신 겁니까?"

"예전에 장군께서 제 목숨을 살려 주신 적이 있는데 어찌 장군의 불행을 모른 척할 수 있겠습니까? 유 황숙과 장비 장군 모두 싸움에 져서 행방조차 알 수 없고 하비성에는 유 황숙의 가족만이 있습니다. 이제 그들의 목숨은 조 승상의 손에 달려 있습니다."

"분하오. 주공께서 이 관우를 믿고 가족들을 맡기셨는데. 이리도 허무하게 빼앗길 줄이야."

관우는 고개를 숙이고 길게 한숨을 내쉬었다.

"장군, 너무 걱정하지 않으셔도 됩니다. 승상께서 유 황숙의 가족을 안전하게 보살피라는 명을 내리셨습니다. 사실 제가 이렇게 온 것도 승상의 뜻을 전하러 온 것입니다."

"그렇다면 역시 내게 항복을 권하러 온 것이구려. 언젠가 한 번은 죽을 목숨, 나는 목숨을 바쳐 싸울 것이오. 그러니 얼른 산을 내려가도록 하시오."

관우가 씁쓸한 표정으로 말하며 고개를 돌리자 장료가 일부러 큰 소리로 웃어 댔다.

"아하하하하, 지금 여기서 귀공이 목숨을 잃는다면 세 가지 죄를 짓는 것이라 할 수 있습니다. 첫째, 유 황숙이 아직 살아 있는데 장군께서 목숨을 버리신다면 복숭아밭에서 맺은 결의를 깨는 셈이 되지 않겠습니까? 둘째, 유 황숙이 장군을 믿고 가족들을 맡겼는데 그들을 버리고 싸우다 세상을 떠나면 믿음을 저버리는 게 아니겠습니까? 셋째, 나라의 위기를 생각하기보다 용맹만 내보이는 게 어찌 참된 충절이라 할 수 있겠습니까? 그러니 여기서 버리기로 한 목숨을 조금 더 이어 가서 유 황숙의 소식도 기다리고 또 유 황숙의 가족도 지키는 게 어떻겠습니까?"

장료가 이치에 맞는 말로 설득하니 관우도 흔들리지 않을 수 없었다.

"제 생각이 너무도 짧았습니다. 만약 지금 장군께서 말씀하신 것처럼 의를 지킬 수만 있다면 어떤 어려움과 부끄러움도 참겠습니다."

"그러기 위해서는 잠깐이나마 조 승상에게 항복할 수밖에 없습니다. 장군께서도 당당하게 조건을 내거십시오."

"제가 바라는 것은 세 가지입니다. 첫째, 복숭아나무 아래에서 결의를 맺을 때 유 황숙과 저는 한나라 황실을 가장 먼저 생각하기로 약속했습니다. 그러니 설령 제가 여기서 무기를 버리고 산을 내려간다 할지라도 조조에게는 결코 항복할 수 없습니다. 둘째, 유 황숙의 가족들 안전을 틀림없이 보장해 줘야 한다는 것입니다. 셋째, 지금은 유 황숙의 소식을 알지 못하나 그 행방을 알게 되면 이 관우는 단 하루도 조조 밑에 머물지 않을 것입니다. 천 리가 됐든 만 리가 됐든 아무런 말도 없이 즉시 옛 주인에게로 돌아갈 것입니다. 이 세 가지 조건을 분명히 약속해 준다면 장군의 말을 따르겠습니다."

"알겠습니다. 바로 승상께 그 뜻을 전하겠습니다."

장료는 말에 부지런히 채찍을 휘둘러 하비성으로 달려갔다. 그리고 조조에게 꾸밈없이 있는 그대로 이야기를 전했다.

"과연 관우답군. 역시 내가 의인을 제대로 알아봤소. 한나라 황실에는 항복할 수 있으나 조조에게는 항복할 수 없다는 말도 마음에 들었소. 나는 한나라의 승상, 내가 곧 한나라라 할 수 있으니……. 그리고 유비의 가족들을 부양하는 일 따위는 참으로 쉬운 일이오. 하지만 유비의 소식을 듣는 대로 곧 떠나겠다는 말만은 쉽게 받아들일 수 없는데……."

조조가 마지막 조건을 놓고 고민하자 장료가 기다렸다는 듯 말했다.

"관우가 유비를 깊이 생각하는 것은 유비가 관우의 마음을 사로잡았기 때문입니다. 그러니 승상께서 유비 이상으로 그의 마음을 사로잡는다면 뒷날에는 그가 반드시 승상의 은혜에 보답하게 될 것입니다. 대장부는 자신을 알아주는 사람을 위해 목숨을 바치는 법입니다. 승상께서 그의 마음을 어떻게 사로잡느냐에 따라 그의 마음도 결정될 것입니다."

결국 조조는 세 가지 조건을 받아들이기로 하고 관우를 얼른 데려오라고 명했다. 그러고는 마치 연인이라도 기다리는 듯한 마음으로 관우가 오기를 기다렸다.

관우는 유비의 가족들을 만나 상황을 이야기했다.

"모두 무사하셔서 다행입니다. 잠시 조조에게 항복하여 큰 형님의 행방을 찾아보려고 합니다."

유비의 부인이 소매로 눈물을 훔쳤다.

"조조에게 항복하면, 황숙의 소식을 들더라도 곁으로 갈 수 없지 않습니까? 관우 장군 역시 마찬가지고요. 그때는 어찌하시려고요?"

"그 점은 결코 걱정하실 필요가 없습니다. 그냥 항복하는 것이 아닙니다. 조조와 세 가지 약속을 굳게 했습니다. 큰 형님이 계신 곳을 알게 되면 인사도 하지 않고 떠나겠다고요. 그러니 큰 형님의 행방을 찾으면 제가 여러분을 모시고 큰 형님이 계시는 곳으로 갈 것입니다. 그때까지만 불편하더라도 잘 견디시기 바랍니다."

"저희는 오로지 관우 장군만 믿고 있겠습니다."

유비의 부인이 가슴을 쓸어내리며 대답했다.

이윽고 관우는 조조를 향해 나아갔다. 조조는 멀리까지 나가 관우를 맞아들였다. 이에 관우가 놀라 땅에 엎드리자 조조도 역시 예를 갖추었다.

"이미 승상께서는 제 목숨을 살려 주신 은혜를 베푸셨는데, 어찌 또 이처럼 반갑게 맞아 주시는 겁니까?"

"장군을 해하지 않은 것은 장군의 충심을 높이 샀기 때문이오. 또한 서로 예를 갖춘 것은 나 역시 한나라의 신하, 장군 역시 한나라의 신하이니 관직의 높고 낮음을 떠나 그 지조에 대해 예를 갖춘 것이오."

조조가 먼저 발걸음을 옮겨 관우를 안내했다. 안으로 들어가 보니 그곳은 이미 잔치 준비가 한창이었다. 조조와 신하들은 귀한 손님을 대하듯 관우를 극진히 대접했다.

"오늘은 참으로 기쁜 날이오. 마치 오랫동안 기다려 오던 사랑을 얻은 듯한, 또 단번에 열 개 주의 성을 얻은 듯한 기분이오."

"장료 장군을 통해 세 가지 조건을 승낙하셨다고 들었습니다. 승상의 커다란 은혜는 마음속 깊이 새기도록 하겠습니다."

"그 점에 관해서는 걱정하실 것 없소. 무인 대 무인으로 한 약속은 천금*보다 무겁소."

"송구스럽습니다. 그렇게 약속하셨으니 곧 유 황숙의 행방이 밝혀지면 이 관우는 인사도 없이 떠나도록 하겠습니다. 불을 밟고 물을 건너야 한다 할지라도 그때는 승상의 곁에 머물지 않을 것입니다."

"하하하, 관 장군은 아직도 이 조조를 의심하고 계신 것 같구려. 걱정하실 것 없소."

천금 아주 귀한 것 또는 많은 돈을 비유적으로 가리킨다.

조조는 씁쓸한 마음을 감추려는 듯 더욱더 환하게 웃어 보였다. 그런 뒤 관우에게 술잔을 건넸다. 잔치에 참석한 장군들도 만세 소리와 함께 잔을 들었고, 곧 모두 술에 취했다.

"관 장군께서 만나고 싶어 하는 사람은 어지러운 싸움 속에서 이미 목숨을 잃었을지도 모르오. 그렇게 되면 장군은 더는 갈 곳이 없지 않소?"

조조가 불쑥 물었고, 관우가 자신의 시커먼 수염을 쓰다듬으며 대답했다.

"아닙니다, 승상. 이 수염이 까마귀가 되어 옛 주인의 시신을 찾으러 날아갈 것입니다."

농담이라고는 조금도 하지 않을 것 같은 관우가 뜻밖에도 장난스럽게 말하자 조조는 손뼉을 치며 크게 웃었다.

"그렇소? 아하하하, 그 수염이 전부 날개가 된다면 까마귀 열 마리 정도를 합쳐 놓은 크기가 될 게요."

그 뒤로 관우에 대한 조조의 애정은 점점 깊어만 갔다. 조조는 관우를 보기 위해 하루가 멀다 할 정도로 잔치를 열었다.

떠나는 관우의 뒷모습을 바라보다

하루는 조조가 관우를 불러 비단옷을 건넸다.

"장군이 입고 있는 녹색 옷은 원래 색을 알아볼 수 없을 정도로 낡았구려. 밝은 날에는 낡은 것이 더 눈에 띌 것이오. 장군의 키에 맞춰 옷을 지었으니 이 옷을 입도록 하시오."

"참으로 화사한 옷입니다."

관우는 조조에게 옷을 받아 집으로 돌아갔다.

며칠 뒤 조조는 다시 잔치를 열어 관우를 초대했다. 그런데 관우는 조조가 준 비단 옷 위에 여전히 낡은 녹색 옷을 걸쳐 입고 있었다.

"아니, 새 옷을 아끼느라 낡은 옷을 겹쳐 입은 것이오?"

조조가 놀라서 묻자 관우가 자신의 옷을 바라보며 말했다.

"이것은 예전에 유 황숙에게 받은 옷입니다. 비록 낡기는 했으나 밤낮으로 입고 벗을 때마다 황숙을 직접 뵙는 듯해 기쁜 마음이 듭니다. 승상께 새로운 비단옷을 받았지만 이 낡은 옷을 버리고 싶은 마음이 들지 않습니다."

조조는 마음속으로 자신과 유비를 비교해 보았다. 그 어떤 면에서도 유비에게 뒤지는 점이 없었다. 오직 하나, 자신에게는 관우 같은 충신이 없었다.

'나의 덕으로 반드시 관우의 마음을 얻도록 하겠다. 내 신하로 만들어 보이겠다.'

조조는 남몰래 굳게 다짐했다. 그러고는 급히 신하를 시켜 말 한 마리를 끌고 오게 했다.

"관우 장군, 이 말을 알아보겠소?"

온몸이 불꽃처럼 붉고 큰 눈망울이 반짝이는 말이었다.

"이건 여포가 타고 다니던 적토마가 아닙니까?"

"그렇소. 어렵게 손에 넣은 말인데 낯을 가려서 누구도 타지 못하고 있소. 그대가 한번 타 보겠소?"

"이것을 제게 주시겠다는 말씀입니까?"

관우가 얼굴 가득 환하게 웃어 보이자 조조가 의아하다는 듯 물었다.

"미인도 마다하는 장군이 어쩐 일로 말을 보며 그리 기뻐하는 것이오?"

"이처럼 하루에 천 리를 가는 말이 있으면 유 황숙의 행방을 알았을 때 하루만에 달려갈 수 있으니 그것을 기뻐하고 있었던 것입니다."

조조는 적토마에 올라 집으로 돌아가는 관우의 뒷모습을 바라보며 입술을 깨물었다. 조조는 불안한 마음에 장료를 시켜 관우의 마음을 떠보기로 했다.

장료가 곧바로 관우를 찾아가 물었다.

"지금 승상은 나라의 으뜸가는 신하인데 자꾸 유 황숙만 그리워하다니 어리석은 일 아닙니까?"

"승상의 커다란 은혜는 잘 알고 있으나 물건으로는 마음을 주고받을 수 없습니다. 이 관우와 유 황숙의 맹세는 물건이 아닌 마음과 마음의 약속이었습니다."

"아니, 그것은 오해이십니다. 장군을 사랑하는 승상의 마음은 결코 유 황숙에게 뒤지지 않습니다."

"유 황숙과 저는 창 한 자루 없던 가난한 시절부터 함께한 사이입니다. 그렇다고 승상의 은혜를 모른 척할 수 없으니 앞으로 제가 할 수 있는 일을 해서 은혜에 보답할 것입니다."

장료는 더는 아무 말도 하지 못하고 돌아갔다.

그 무렵 유비는 외로운 나날을 보내고 있었다. 기주성에 몸을 의지한 뒤로 부족함 없이 지내고 있지만 마음은 늘 즐겁지 않았다.

'아내와 아들은 어떻게 지내고 있는지. 두 아우는 어디로 갔는지.'

홀로 등불 아래서 참담한 마음을 곱씹었다.

물이 따뜻해지고 복숭아꽃이 피기 시작했다. 유비는 복숭아나무 아래에서 맺은 맹세가 더욱더 떠올랐다.

"관우야, 아직 이 세상에 있는 것이냐? 장비는 어디에 있단 말이냐?"

언제 다가왔는지 원소가 유비의 어깨를 두드렸다.

"귀공과 상의하고 싶은 일이 있소. 이제 아이의 병도 나았고 산과 들의 눈도 녹고 있으니 군대를 허창으로 보내 조조를 제거할 생각이오. 귀공의 생각은 어떻소?"

"지금이 때라고 생각합니다. 물론 조조의 군사와 말은 강하지만 동승을 비롯해 많은 사람의 목숨을 빼앗았기에 민심을 잃은 상태입니다."

원소는 곧바로 안량을 선봉으로 삼아 군대를 허창으로 보냈다. 안량이 십만 병사를 이끌고 밀려들자 허창은 당장이라도 천지가 무너질 것처럼 혼란 속에 빠졌다. 그러자 관우가 기다란 수염을 휘날리며 승상부에 들어가 조조에게 말했다.

"평소의 은혜에 보답하고 싶습니다. 저를 이번 전쟁의 선봉으로 삼아 주시기 바랍니다."

"이번 싸움은 장군이 나설 필요가 없소. 다음에 좀 더 중요한 때에 힘을 빌리도록 합시다."

조조는 관우 대신 부하 송헌과 위속을 내보냈다. 하지만 그들은 안량이 휘두른 창에 금세 목숨을 잃고 말았다. 뒤이어 나선 장군들과 병사들도 모두 안량의 좋은 먹잇감이 되었다. 천하의 조조도 겁을 먹고 부르르 떨었다. 그 모습에 부하인 정욱이 말했다.

"안량을 꺾을 수 있는 자는 관우밖에 없습니다."

조조는 정욱의 말을 쉽게 받아들이지 못했다. 관우에게 공을 세울 기회를 주면 그것을 기회로 떠나 버릴지도 모른다고 생각했기 때문이다.

"평소 은혜를 베푸시는 것은 이럴 때 도움을 얻기 위해서가 아닙니까? 만약 관우가 안량의 목을 벤다면 더 큰 은혜를 베푸시면 될 일입니다. 또한 안량에게도 질 정도라면 그를 포기해도 좋지 않겠습니까?"

"옳은 말이오."

드디어 조조는 관우를 전쟁터로 내보냈다.

"때가 왔구나."

관우는 바로 적토마를 타고 청룡도를 휘두르며 달려 나갔다. 오랫동안 전장에 나서지 못했던 적토마는 새 주인을 얻어 꼬리를 힘차게 흔들며 울부짖었다. 관우의 청룡도가 안장 위에서 좌우의 적병들을 베어 나갔다. 관우가 지나고 난 자리에는 적병의 시체가 산더미처럼 쌓여 갔다.

"네놈이 안량이냐?"

"내가 바로……"

안량은 관우의 물음에 더 말을 이을 틈도 없었다. 관우의 청룡도가 안량의 머리 위로 떨어졌다. 안량은 칼 한 번 휘두르지 못하고 목이 떨어져 나갔다. 관우는 안량의 목을 가지고 조조에게 달려갔다. 그러고는 조조의 발 앞에 안량의 목을 내려놓았다.

"관 장군의 용맹은 그야말로 사람의 것이 아니오."

"저는 아직 그런 말을 들을 자격이 없습니다. 제 아우인 장비는 적군의 목쯤이야 마치 나무에서 복숭아를 따듯 간단히 해치웁니다.

그러니 안량의 목 따위는 장비에게는 주머니 속의 물건을 꺼내는 것처럼 간단한 일입니다."

관우의 대답에 조조는 부하들에게 농담처럼 말했다.

"너희도 장비라는 이름을 잘 기억해 두어라. 그런 뛰어난 장수와는 결코 가볍게 싸워서는 안 될 것이다."

안량이 목숨을 잃은 뒤 그의 병사들은 사방으로 달아났다.

소식을 들은 원소는 화를 참을 수 없었다.

"당장 유비를 데려와라!"

원소의 병사들이 다짜고짜 유비의 팔을 비틀어 원소 앞으로 끌고 왔다.

"조조와 짜고 동생 관우를 시켜 내 소중한 부하 안량의 목숨을 빼앗았겠다! 여봐라, 저 배은망덕한 놈의 목을 내 눈앞에서 치도록 해라."

유비는 조금도 두려워하지 않았다.

"잠시만 기다려 주십시오. 평소 생각이 깊던 장군께서 오늘은 어찌 이리도 화를 내시는 겁니까? 조조는 오래전부터 이 유비를 죽이려 하던 자였습니다. 그런데 어찌 제가 조조를 도와 은인인 장군을 해할 수 있겠습니까? 또한 서주에서 패해 홀로 장군에게 온 뒤로 가족 소식도 모르는데, 어찌 관우와 연락을 나눌 수 있겠습니까? 분명 조조가 장군과 제 사이를 갈라놓으려고 관우를 닮은 자에게 시킨 일이 틀림없습니다."

"흠…… 듣고 보니 귀공의 말이 맞는 것 같구려."

유비의 말을 들은 원소는 곧 마음이 풀어졌다. 원소는 다음으로 안량의 동생인 문추에게 십만 병사를 붙여 내보냈다.

"장군의 커다란 은혜에 보답하고 싶습니다. 제가 직접 나가 안량을 벤 관우라 칭하는 자의 실체를 알아보고 오겠습니다."

유비의 청에 원소가 허락을 했다. 하지만 문추는 유비에게 약한 병사를 붙여 준 뒤 유비의 군대를 뒤로 물러나 있게 했다. 그러고는 앞장서서 군대를 지휘해 나갔다.

"문추의 군대가 황하를 건너 물밀 듯이 밀려오고 있습니다."

조조는 당황하지 않고 장료와 서황을 내보냈다.

장료가 문추를 향해 달려들자 문추가 몸을 비틀어 화살을 메겨 쏘았다. 반궁으로 쏜 그 화살은 장료의 얼굴에 박혔고 장료는 말에서 떨어지고 말았다.

서황이 급히 달려가 장료를 달아나게 하고 문추에게 달려들었다. 서황은 도끼로 문추는 대검으로 불꽃을 튀며 싸웠다. 그런데 쉽게 승부가 나지 않자 문추가 먼저 황하 쪽으로 달아났다. 그때 관우가 문추를 막아섰다.

"패장* 문추, 이 관우에게 목을 바치도록 해라."

적토마에 걸터앉은 사람은 틀림없이 붉은 얼굴에 긴 수염을 기른 관우였다.

"바로 네놈이었구나. 얼마 전 우리 형 안량을 베었다는 괘씸한

패장 싸움에서 진 장수.

놈이!"

문추가 버럭 소리를 지르며 대검을 휘둘렀다. 관우의 번뜩이는 청룡도와 문추의 빛나는 대검이 맞부딪쳤다. 하지만 관우의 청룡도에는 당할 수가 없었다.

"적장 문추의 목이 관우의 손에 있다."

관우가 외치자 문추의 병사들이 이리저리 흩어져 달아났다. 그러고는 후진에 있는 유비에게 소식을 전했다.

"얼마 전 안 장군의 목을 벤 사람도, 이번에 문 장군의 목을 벤 사람도 틀림없이 관우 장군이 맞습니다."

그날 밤 유비는 등불 하나를 켜 놓고 붓을 들어 관우에게 편지를 썼다. 때때로 손을 멈추고 눈을 감았다. 지난날의 일들이 가슴속에 되살아나는 듯했다.

'아…… 다시 만날 날이 멀지 않았구나.'

황하 강변의 봄은 깊어 갔지만 전쟁은 끝날 기미가 보이지 않았다. 그러던 어느 날 밤, 관우가 방으로 들어가려는데 어둠 속에서 누군가가 다가와 편지를 건네고 사라졌다. 깜짝 놀란 관우는 방으로 들어가 홀로 불을 밝히고 편지를 펼쳤다. 그것은 다름 아닌 유비의 편지였다.

너와 나는 예전에 복숭아나무 아래에서 맹세를 한 사이이나, 내가 아직 부족하고 때가 오질 않아 덧없이 외로운 너의 마음만 괴롭게 하는구나. 네가 만일 지금처럼 허창에서 부귀를 누리길 바란다면 오늘까지 갚아야 할 것이 적지 않으니 하다못해 나의 목을 보내 멀리서나마 네게 도움을 주고 싶구나. 글로 나의 마음을 다할 수 없으니 밤낮으로 하남의 하늘을 바라보며 너의 명만을 기다리겠다.

관우는 편지를 읽는 내내 눈물을 줄줄 흘렸다. 그러고는 밤새 잠을 이룰 수가 없었다.

다음 날 관우는 조조에게 작별 인사를 할 생각으로 승상부를 찾았다. 하지만 조조의 문기둥에는 '손님의 방문을 사양하겠습니다.'라는 패*가 걸려 있었다. 주인이 손님의 방문을 사양할 때 패를 걸어두면 손님 역시 어떠한 용건이 있더라도 그대로 돌아가는 것이 예의였다. 조조는 머지않아 관우가 자신에게 마지막 인사를 하러 올 것이라는 사실을 알고 미리부터 패를 걸어 두었던 것이다.

"……."

관우는 한동안 조조의 방문 앞에 서 있다 어쩔 수 없이 집으로 돌아오고 말았다. 이튿날도 아침 일찍 가 보았으나 여전히 패가 걸려 있었다. 그다음 날도, 또 다음 날도 일주일 동안 날마다 찾아갔지만 조조를 만날 수 없었다.

'그래, 장료 장군을 찾아가서 인사를 전해 달라고 해 보자.'

하지만 장료 역시 병에 걸렸다며 만나 주지를 않았다. 아무리 청

패 무엇인가를 알리기 위해 그림 또는 글씨를 넣은 작은 종이, 쇠붙이, 나무판 등을 일컫는다.

을 해 봐도 하인이 장료에게 말을 전해 주지 않았다.

'더는 어쩔 수가 없구나!'

관우는 길게 한숨을 내쉬고 가만히 마음속으로 결심했다. 고지식할 정도로 정직한 관우는 어떻게 해서든 조조를 만나 대장부 대 대장부로 한 약속을 지킨 뒤 깨끗하게 결별하고 싶었다. 하지만 언제까지 문이 열리기만을 기다릴 수는 없었다.

'승상과의 약속 때문에 어찌 마음을 돌릴 수 있겠는가?'

집으로 돌아온 관우는 편지 한 통과 조조에게 받은 물품들을 기록한 글을 창고에 넣고 문을 잠갔다. 그리고 하인들에게 명령했다.

"모두 원내를 깨끗이 청소하도록 하라."

청소는 한밤중이 되어서야 끝났다.

"이제 그만 떠나야겠습니다."

관우는 수레에 유비의 가족을 태우고 적토마에 걸터앉았다. 그리고 청룡도를 쥔 채 허창을 떠났다. 성문을 지키던 병사들이 관우를 잡으려고 수레를 막아섰다.

"수레에 손끝 하나만 대도 너희의 목이 저 달까지 날아갈 것이다."

관우가 눈을 부릅뜨고 말하며 껄껄 웃자 병사들이 겁을 집어먹고 뿔뿔이 흩어졌다.

"날이 밝으면 틀림없이 뒤쫓아 오는 자들이 있을 것이다. 너희는 수레를 지키며 앞서서 가도록 해라."

관우는 하인들에게 그렇게 말하고 수레의 뒤를 따랐다.

그날 아침 조조는 관우가 떠났다는 소식을 들었다.

"관우 장군이 금은보화와 비단을 창고 안에 넣어 둔 채 북문으로 빠져나갔다고 합니다."

신하가 조조에게 관우의 편지를 건넸다.

"관우는 역시 참된 장군일세. 올 때도 뜻이 분명하더니 떠날 때도 그렇군. 그는 인사를 하려고 일곱 번이나 나를 찾았네. 그런데 내가 만나 주지 않아 편지를 써 놓고 떠났지. 그가 평생 마음속으로 조조는 속이 좁은 자라고 비웃을까 두렵군. 뒷날까지 좋은 기억을 남길 수 있도록 내가 직접 뒤따라가서 작별 인사를 건네야겠네."

조조는 말을 타고 문밖으로 달려 나갔다. 조조에게 급히 명령을 받은 장료도 관우가 길을 가며 쓸 금은과 도포* 한 벌을 마련해 뒤를 따랐다.

"관우 장군, 잠시만 기다리시오."

조조의 목소리를 들은 관우가 말을 멈춰 세우고 조조에게 정중하게 인사를 했다. 조조는 갑옷도 걸치지 않고 무기도 가지고 있지 않았다.

"예전에 저는 승상과 세 가지 약속을 했습니다. 얼마 전 유 황숙이 하북에 계시다는 소식을 들었습니다. 모쪼록 제가 가는 길을 허락해 주시기 바랍니다."

"그대와 함께할 수 있었던 시간이 너무 짧아 한탄스러울 뿐이오. 나도 천하의 승상이오. 지난날의 약속을 깰 마음은 조금도 없소."

도포 옛날에 남자가 입던 소매가 넓은 겉옷.

"아아, 승상의 크고 넓은 마음은 그 누구보다 제가 잘 알고 있습니다."

"장군이 그 사실을 알아준다니 더는 바랄 것이 없소. 장료, 그것을 가져오게."

조조가 관우에게 금은과 도포를 건넸다. 하지만 관우는 받으려하지 않았다.

"허창에 머무는 동안 승상으로부터 분에 넘치는 대접을 받았습니다. 또한 저는 가난한 여행에 익숙해져 있으니 앞길도 걱정하실필요가 없습니다."

하지만 조조도 쉽게 물러서지 않았다.

"그대가 받지 않으면 그대를 향한 내 진심도 덧없이 느껴질 것이오. 얼마 되지 않는 노자*를 받는다고 이제 와서 그대의 충절이 더럽혀지지는 않을 것이오. 그대는 어떠한 어려움도 견딜 수 있을지 모르나, 그대가 모시고 가는 유비의 가족들까지 어려움에 처하게 해서는안 되지 않겠소."

"그렇다면 감사한 마음으로 받겠습니다. 뒷날 다시 뵐 날이 찾아오면 그때 남은 은혜를 갚도록 하겠습니다."

관우는 조조에게 인사를 건넨 뒤 북쪽으로 바람처럼 사라졌다. 조조는 오랫동안 관우의 뒷모습을 바라보았다.

3권에서 계속

노자 먼 길을 갈 때 사용하는 비용.

구불응심 | 口 不 應 心
입구 아닐불 응할응 마음심

입으로 하는 말과 마음이 서로 다르다.

유비는 어명에 따라 관우와 함께 남양으로 군사를 이끌고 떠나면서 장비에게 서주성을 맡겼습니다. 유비가 술을 마시지 말고 성을 잘 지키라고 당부하자, 장비는 걱정하지 말라며 자신만만하게 대답합니다. 그러자 미축이 "입으로 하는 말과 마음은 서로 다르기 쉽습니다."라며 장비를 걱정합니다. 장비는 무슨 일이야 일어나겠냐는 생각에 술을 마시고 서주성 방어에 신경을 덜 썼어요. 그 틈을 놓치지 않고 여포가 서주성을 공격하고 장비는 힘 한 번 써 보지 못하고 여포에게 서주성을 빼앗기고 맙니다.

굴신수분 | 屈 身 守 分
굽힐굴 몸신 지킬수 나눌분

스스로 몸을 굽혀서 분수를 지킨다.

유비가 여포에게 서주성을 빼앗기고 소패성에 머무를 때의 일입니다. 유비와 여포의 처지가 뒤바뀐 것을 두고 장비가 불평하자 유비는 "내 몸을 굽혀서 분수를 지키며 하늘의 때를 기다릴 뿐이다."라고 뒷날을 도모하는 의연한 마음가짐을 장비와 다른 군사에게 보입니다.

투서기기 | 投 鼠 忌 器
던질투 쥐서 꺼릴기 그릇기

쥐를 잡으려다가 옆에 있는 그릇을 깰까 봐 꺼린다.

유비, 관우, 장비가 조조를 따라 황제와 함께 사냥을 나갔을 때, 조조는 사냥하는 내내 황제 옆에 나란히 가거나 황제 앞을 가로막는 등 무례한 행동을 계속해서 했습니다. 조조의 건방진 행동에 화가 난 관우가 칼을 뽑으려 하자 유비가 "쥐를 잡으려다 그 옆에 있는 그릇을 깰지도 모른다."라며 관우를 말립니다. 황제 곁에 있는 신하를 해쳤다가, 황제에게 나쁜 영향이 돌아갈까 봐 두렵다는 뜻입니다.

낭중취물

囊 中 取 物
주머니 낭　가운데 중　가질 취　물건 물

주머니 속의 물건을 꺼내듯 아주 쉬운 일.

관우는 하비성에서 조조군의 꾐에 빠져 패한 뒤 조조의 부
하로 있으면서 원소의 장수인 안량과 문추를 베는 공을 세
웠습니다. 조조와 다른 장수들이 관우의 무예를 칭찬하자,
관우는 고개를 저으며 "제 아우 장비는 백만 군사 속에서도
마치 주머니 속의 물건을 꺼내듯 적장의 목을 베어 옵니다."
라고 말하며 장비를 칭찬합니다.

신은구의

神 恩 久 義
새 신　은혜 은　오랠 구　옳을 의

새로운 은혜, 오래된 의리.

관우는 조조 밑에 있으면서도 늘 유비를 잊
지 않습니다. 새로운 은혜는 조조의 호의를
감사히 여기는 마음이고, 오래된 의리는 언
제나 변함없이 유비를 그리워하는 마음을
일컫습니다.

주인공이 사용한 주요 무기

삼첨도(기령)

삼첨도는 원술의 수하 장수 기령이 사용
하던 무기로, 무게는 50근^{30kg}이며, 창끝이
세 갈래로 갈라져 있다.

쌍철극(전위)

전위가 사용하는 무기로서 극중국 고대 무기, 갈래창
두 개를 한 손에 하나씩 들어 사용하는 창.

쌍반궁(문추)

문추가 사용한 활의 일종.

처음 읽는 삼국지

❷ 군웅할거 : 피고 지는 영웅들

초판 1쇄 발행   2018년 1월 31일

원 작	나관중
엮 음	홍종의
그 림	김상진
펴낸이	한승수
펴낸곳	문예춘추사

편 집	정내현
디자인	김연수
마케팅	신기탁

등록번호	제2016-000080호
등록일자	2016년 3월 11일

주 소	서울시 마포구 동교로27길 53 지남빌딩 309호
전 화	02 338 0084
팩 스	02 338 0087
E-mail	moonchusa@naver.com
I S B N	978-89-94757-45-2 (64820)
	978-89-94757-43-8 (세트)

어린이제품안전특별법에 의한 제품 표시

제조자명 하늘을나는교실(문예춘추사) | **제조년월** 2018년 1월 | **제조국** 대한민국 | **사용 연령** 6세 이상 어린이
제품 주소 및 연락처 서울시 마포구 동교로27길 53 지남빌딩 309호 (02) 338-0084

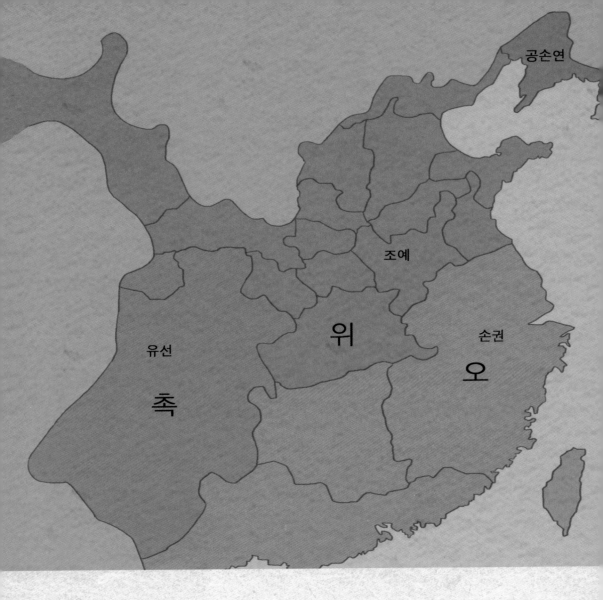

공손연

조예

위

유선

촉

손권

오

3세기 초 삼국 정립 시기의 세력도

북벌은 결코 간단한 일이 아니었다. 싸움에서 이겨도 군량이 떨어지기도 하고, 도읍에서 이변이 일어나기도 하고, 일진일퇴의 공방전이 펼쳐져 성과는 거의 없었다. 그사이에 손권이 제위에 올라 스스로 황제라 칭하여 중국 대륙에 드디어 세 개의 나라가 탄생하게 된다.

제갈량은 북벌을 거듭하나 오히려 부하에게조차 신뢰를 얻지 못하는 상태에 빠지고 일곱 번째 북벌 때 병을 얻어 오장원에서 목숨을 잃는다.

이를 기회로 삼아 제갈량 밑에 있던 위연이 모반을 일으키나 제갈량의 밀명을 받은 마대에게 살해당한다. 제갈량이 죽었다는 소식이 위에 전해지자 황제 조예는 크게 기뻐했으며, 모든 재산을 탕진하고 만년에는 폭군이 되어 버린다.

주요 사건 지도

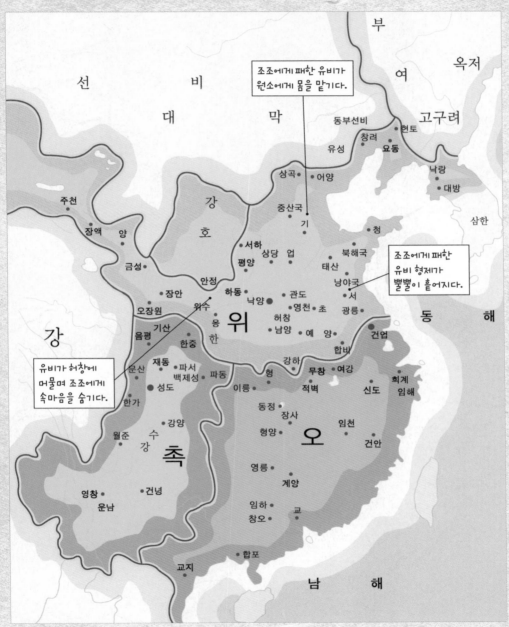

부

옥저

여

선 비 대 막

고구려

조조에게 패한 유비가
원소에게 몸을 맡기다.

동부선비   현토

창려

유성   요동

낙랑

상곡 · 어양   대방

중산국
기

강 호

청   삼한

서하   상당 업

평양   북해국

태산

금성   안정   낭야국

장안   하동   관도   서

오장원   위수   낙양   영천 초   광릉

강   기산   웅 한   허창   조조에게 패한
유비 형제가
뿔뿔이 흩어지다.

음평   남양 예 양

한중   건업

유비가 허창에
머물며 조조에게
속마음을 숨기다.   재동 · 파서
백제성   강하

문산   파동   합비

성도   형   무창 여강

이릉   적벽   신도   회계
임해

한가   동정   장사

강양   형양   임천

월준   수   강   영릉   건안

촉   오

건녕   계양

영창   임하   교

운남   창오

합포

교지

동 해

남 해